이 멋진 세계에 축복을!

오! 나의
잉여신
님

CONTENTS

프롤로그
P013

제1장 이 자칭 여신과 이세계 전생을! P02

제2장 이 오른손에 보물을! P087

제3장 이 호수에 자칭 여신의 엑기스를! P

제4장 이 변변찮은 싸움에 종지부를! P2

에필로그
P265

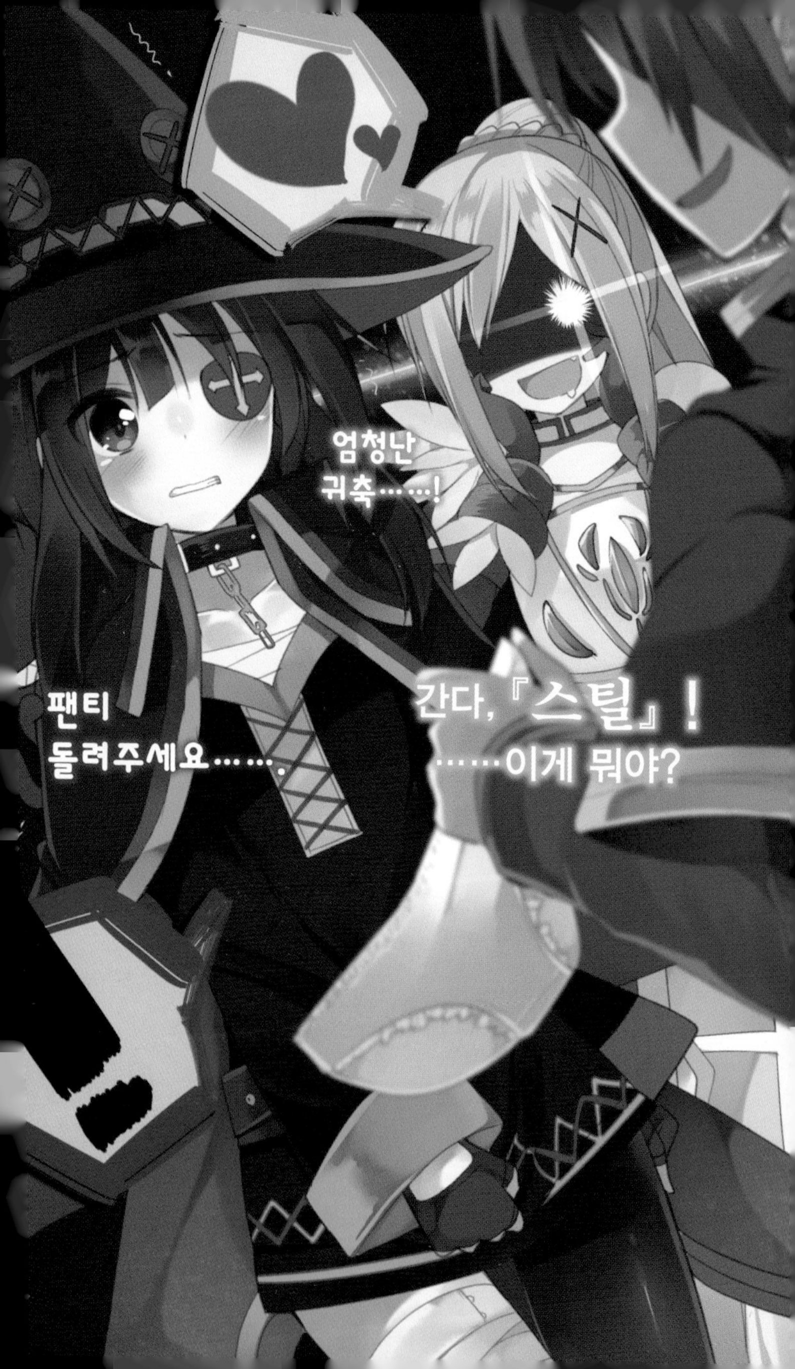
엄청난
귀축……!
팬티
돌려주세요…….
간다,『스틸』!
……이게 뭐야?

오! 나의
잉여신
님

이멋진
세계에
축복을!

아카츠키 나츠메 지음
미시마 쿠로네 일러스트
이승원 옮김

Character

카즈마! 자기소개 코너야!
우선 주역인 이 여신님부터
소개하겠어.

야쿠아

누가 주인공이라는 거야.
—그것보다 너 몇 살이야?

……………여, 여신에게
나이 같은 게 있을 리가 없잖아?!

어이, 방금 전 그 틈은 뭐야. 얼버무리지 말라고.

정말 사소한 일에 신경 쓰네.
은둔형 니트 주제에 말이야.
내가 누구인지 알기나 해?

연회의 여신님이잖아?

연령 연령 미상
직업 아크 프리스

젊은 나이에 죽은
인도하는 여신. 카즈미
전생한 이세계에 존
아쿠시즈 교단이 모시
아쿠아가 바로 그녀
…이지만, 아무도 믿
않는다.

메구밍

훗! 다음은 내 차례! 내 이름은 메구밍.
홍마족 제일의 마법사이자—

본명은 뭐야?

메구밍이
본명인데요?

…….

13세 연령
직업
아크 위저드

홍마족 제일의 천재 마법사.《
폭렬 마법》이라 불리는 최강
마법의 매력에 빠져 폭렬
마법밖에 쓸 수 없어, 다른
마법은 쓰려고도 하지 않는다.
좋아하는 것은 폭렬 마법.
특기는 폭렬 마법, 취미도 폭렬
마법.

어이, 내 이름에 대해 뭔가
할 말이 있다면 해봐라!

……자아, 다음은 다크니스를
소개할 차례네.

어이, 무시하지 마!

Profile

무슨 일이 있었던 것이냐, 카즈마. 옷이 너덜너덜하지 않느냐!

다크니스

어디 사는 누구 씨가 나한테 폭렬 마법을 날렸거든. ☇

포, 폭렬 마법?! 부러워…….

어이, 방금 부럽다고 했지?

그런 말 안 했다.

말했잖아. 그럼 왜 볼을 붉힌 거야?

따, 딱히, 남들이 보는 앞에서 폭렬 마법을 맞는 상상을 하며 흥분과 설렘을 느낀 건 아니다!

연령 18세
직업 크루세이더

방어가 전문인 여기사. 어엿한 기사인 척하고 있지만, 실은 종종 마조히스트에 망상하는 버릇이 있다. 몬스터에게 공격받을 때 쾌락을 느끼며, 일종의 플레이로 삼아 즐기고 있다.

사토 카즈마

내가, 나를 소개해야 하는 거야?

어쩔 수 없네. 이 여신님에게 맡겨! 자아, 마지막은 내 머슴을 소개하겠어.

누가 머슴이라는 거야! 그것보다, 왜 주인공인 내가 마지막인 건데?

……머슴.

아니에요. 카즈마는 내 하인이라고요.

……하, 하인.

……내 파티가 이렇게 유감스러울 리가 없어.

연령 16세
직업 모험가

…메이션, 만화를 좋…형 외톨이 고교생. …게 외출한 날에…를 당해 사망한 후, …길동무 삼아 이세…게 된다.

"사토 카즈마 씨. 사후 세계에 온 걸 환영해요. 당신은 방금 불행하게도 숨을 거뒀어요. 짧은 인생이었지만, 당신의 인생은 끝을 맞이하고 만 거죠."

새하얀 방 안에서, 나는 느닷없이 그런 말을 들었다.

갑작스러운 일인지라 뭐가 어떻게 된 건지 전혀 알 수가 없었다.

방 안에는 조그마한 사무용 책상과 의자가 있었다. 그리고 나에게 내 인생이 종료되었다는 사실을 알린 상대가 그 의자에 앉아 있었다.

만약 여신이 진짜로 존재한다면 분명 내 눈앞에 있는 상대 같으리라.

텔레비전을 통해 본 아이돌의 귀여운 외모와는 차원이 다른, 인간을 초월한 듯한 미모.

덧없고 부드러운 인상을 자아내는 투명한 물빛을 띤 장발.

나이는 나와 비슷해 보였다.

너무 나오지도, 그렇다고 너무 들어가지도 않은 완벽한 몸매는 옅은 보라색을 띤, 흔히 날개옷이라고 부르는 낙낙한 옷에 감싸여 있었다.

그 미소녀는 머리카락과 같은 색깔, 즉 투명한 물빛을 띤 눈동자를 깜빡이면서 이 상황을 여전히 이해하지 못하고 있는 나를 지그시 바라보고 있었다.

……나는 아까까지의 기억을 떠올렸다.

※

……평소 학교에 가지 않고 집에 틀어박혀 있던 나는 오늘 오래간만에 외출을 했다.

오늘 발매되는 인기 온라인 게임의 초회 한정판을 손에 넣기 위해, 아침 일찍 일어나 가게 앞에서 줄을 섰다.

세간에서는 나 같은 녀석을 은둔형 외톨이나 온라인 게임 폐인이라고 부른다.

아무튼 무사히 게임을 획득한 후, 집에 돌아가서 게임 삼매경에 빠질 생각에 기분이 좋아진 내가 집으로 돌아가려 한 순간이었다.

핸드폰을 만지작거리며 내 앞을 걷고 있던 여자애가 눈에 들어왔다.

교복으로 봤을 때, 나와 같은 학교의 학생 같아 보였다.

신호가 파란색으로 바뀐 것을 확인한 그 애는 좌우도 제대로 살피지 않고 횡단보도를 건넜다.

그런 그녀에게 닥쳐오는 커다란 그림자.

그것은 분명 고속으로 달려오는 대형 트럭이었을 것이다.

나는 무의식적으로 그 애를 밀쳐냈다.

그리고………….

……나 자신도 불가사의할 만큼 차분한 마음으로, 나는 눈앞에 있는 미소녀에게 조용히 물었다.

"……뭐 하나만 물어봐도 돼요?"

내 질문을 들은 미소녀는 고개를 끄덕였다.

"물론이죠."

"……그 여자애는…… 내가 밀쳐낸 여자애는 살아 있나요?"

이것은 중요한 질문이다.

내 인생 처음이자 마지막 활약상인 것이다.

목숨을 내던지며 구하려 했지만, 결국 구하지 못했다면 정말 분할 것이다.

"살아 있어요. 다리가 부러지기는 했지만요."

다행이야……

내 죽음은 헛되지 않았던 것이다. 인생 최후의 순간에 조금은 좋은 일을 한 걸려나…….

안도하는 나를 본 미소녀는 고개를 갸웃거렸다.

"뭐, 당신이 밀쳐내지 않았다면 그 애는 아무 데도 다치지 않았을 테지만요."

"…………뭐?"

이 애, 방금 뭐라고 했지?!

"그 트랙터는 원래 그 애의 코앞에서 멈췄을 거예요. 당연하잖아요? 트랙터는 속도를 그렇게 내지 않으니까요. 즉, 당신은 히어로라도 된 요량으로 괜한 짓을 한 거예요. ……푸푸푸풉!"

이 애, 초면인 사람한테 대체 왜 이러는 거야?

어쩌지, 실례인 건 아는데, 그냥 확 때려주고 싶어.

……아니 잠깐만. 방금 그것보다 더 중요한 이야기를 들었다.

"……방금 뭐라고 했어? 트랙터? 트럭이 아니라?"

"예, 트랙터예요. 그 애도 대형 트럭이 다가오고 있으면 당연히 눈치채고 피했을 테죠."

…………뭐?

"어, 그럼 뭐야? 나는 트랙터에 경작당해서 죽은 거야?"

"아뇨, 쇼크사예요. 트랙터에 치였다고 착각한 당신은 그

쇼크로 죽었죠. 나도 오랫동안 이 일을 해왔지만, 이렇게 드문 방식으로 죽은 사람은 당신이 처음이에요."

…………

"트럭에 치이게 되었다고 착각한 바람에 공포에 질린 당신은 오줌을 지리면서 기절한 후, 근처 병원으로 이송됐어요. 「이 녀석, 되게 한심하네~(웃음).」하고 의사와 간호사에게 비웃음을 산 당신은 결국 눈을 뜨지 못한 채 그대로 심장 마비로……"

"그만해애애애앳! 듣고 싶지 않아! 듣고 싶지 않아! 그런 한심한 이야기는 듣고 싶지 않다고!"

그 여자애는 귀를 막은 나에게 다가오더니, 히죽히죽 웃으면서 내 귓가에 입을 대고 말했다.

"현재 병원으로 달려온 당신의 가족들은 당신의 사인을 듣고 무심코 웃음을……"

"그만해! 그만해! 어이, 거짓말이지?! 그런 어이없는 죽음을 맞이하다니, 정말 너무하잖아!"

손으로 입가를 가린 그 소녀는 머리를 감싸 쥔 채 주저앉은 나를 내려다보면서 웃었다.

"……자, 스트레스 발산은 이쯤 해야지. 만나서 반가워, 사토 카즈마 씨. 내 이름은 아쿠아. 일본에서 젊은 나이에 죽은 사람들을 인도하는 여신이야. ……자. 한심한 이유로 죽어버린 재미있는 당신에게는 두 개의 선택지가 존재해."

······이 녀석!

참자. 내가 또 화를 냈다간 이야기가 진행되지 않을 테니 일단 참자고.

"하나는 인간으로 다시 태어나 새로운 인생을 사는 것. 다른 하나는 천국 비스무리한 곳에서 노친네 같은 삶을 사는 것."

뭐 그런 노골적인 선택지가 다 있어?

"아니, 저기······. 천국 비스무리한 곳? 아니, 그 이전에 노친네 같은 삶은 대체 뭐야?"

"천국이라는 곳은 당신들 인간이 생각하는 그런 멋진 곳이 아니야. 죽었으니 음식을 섭취할 필요가 없고, 죽었기에 무언가를 창조할 수도 없어. 뭔가를 만들고 싶어도 재료가 없거든. 실망시켜서 미안하지만, 천국에는 아무것도 없어. 텔레비전도 없고, 만화나 게임도 없지. 거기 있는 건 이미 죽은 사람들뿐이야. 죽었기 때문에 엉큼한 짓도 할 수 없다구. 몸 자체가 없으니까 말이야. 그들과 영원토록 아무 의미 없는 잡담을 나누면서 햇볕을 쬐는 것 외에는 할 일이 없어."

그게 뭐야. 게임도, 오락도 아무것도 없다고? 그럼 천국이라기보다 지옥에 가깝잖아.

하지만, 갓난아기가 되어서 다시 인생을 사는 것도 좀······.

뭐, 선택지는 그것밖에 없는 거나 마찬가지지만 말이다.

그런 생각을 하면서 유감스러워 하고 있는 나를 본 여신은 만면에 미소를 지었다.

"네가 무슨 생각하는지 알아. 천국 같은 심심한 곳에 가고 싶지는 않지? 그렇다고 이제 와서 기억을 전부 잃고 갓난아기부터 다시 시작하는 것도 좀 그럴 거야. 지금까지의 기억이 사라진다는 건 당신이라는 존재가 사라지는 거나 마찬가지니까 말이야. 그런 당신에게! 꽤 괜찮은 제안을 하나할게."

왠지 엄청 수상쩍었다.

경계심을 느끼고 있는 나를 본 아쿠아는 히죽히죽 웃으면서 말했다.

"너……. 게임 좋아하지?"

아쿠아는 잘난 척하는 듯한 말투로 그 괜찮은 제안이라는 것을 이야기했다.

그 이야기를 요약하자면, 이랬다.

이곳과는 다른 세계, 즉, 이세계(異世界)에는 마왕이 존재한다.

그리고 마왕군이 침공한 탓에 그 세계는 위기에 처했다고 한다.

그 세계에는 마법이 있고, 몬스터도 있다.

즉, 유명 게임인 드퀘나 모프모프에 나올 법한 판타지 세계인 것 같았다.

"그 세계에서 죽은 인간은 마왕군에게 살해당한 사람이 많거든? 그래서 그런지 또 그런 식으로 죽고 싶지 않다면서 겁을 잔뜩 먹었지 뭐야. 죽은 사람들 중 대부분이 그 세계에서 다시 태어나는 걸 거부하고 있어. 솔직히 말해 이대로 있다간 그 세계는 갓난아기가 태어나지 않아서 멸망하고 말거야. 그러니 다른 세계에서 죽은 사람들을 그쪽으로 보내는 건 어떨까? 하는 의견이 나왔어."

뭐 그딴 이민 정책이 다 있어.

"그리고 어차피 보낼 거라면 젊은 나이에 죽어서 미련이 많은 인간을 육체와 기억을 그대로 지닌 채 보내기로 했어. 그리고 보내자마자 바로 죽어버리면 곤란하니까, 건너편 세계에 원하는 것을 뭐든지 딱 하나만 가지고 갈 수 있는 권리를 주기로 한 거야. 강력한 특수 능력이나 엄청난 재능, 그리고 신기(神器) 급 무기를 희망하는 사람도 있었지. …… 어때? 너는 이세계에서 새로운 인생을 살 수 있고, 이세계 사람들은 즉시 전력감을 얻을 수 있어. 나쁜 제안은 아니지?"

확실히 나쁜 제안 같지는 않았다.

아니, 솔직히 말하자면 이 제안을 들은 순간, 내 텐션은 한껏 치솟았다.

게임을 좋아하는 내가 게임 세계 같은 곳에 가게 됐으니 흥분되지 않을 리가 없었다.

하지만, 그 전에…….

"으음, 물어볼 게 있는데, 언어는 어떻게 돼? 나, 이세계 말을 할 수 있게 되는 거야?"

"나를 비롯한 신들이 친절하게 서포트해주니까 그 점은 걱정하지 않아도 돼. 이세계로 갈 때 네 뇌에 자극을 줘서 순식간에 그쪽 언어를 습득하게 할 거야. 물론 문자도 읽을 수 있어. 뭐, 운이 나쁘면 말짱 꽝이 되어버릴지도 모르지만 말이야. ……그럼 남은 건 가지고 갈 엄청난 능력이나 장비를 선택하는 것뿐이네."

"방금 엄청 중요한 말을 들은 것 같은데 말이야. 운이 나쁘면 말짱 꽝이 된다고 말하지 않았어?"

"말 안 했어."

"말했었잖아."

아까까지 느껴지던 긴장감이 더는 느껴지지 않았기에, 나는 상대가 여신인데도 불구하고 반말로 말했다.

……하지만, 이건 확실히 매력적인 제안이다.

말짱 꽝이 되어버릴지도 모른다는 공포는 분명 존재했다. 하지만 나는 어릴 적부터 운 하나는 좋은 편이었다.

아쿠아는 그런 나를 향해 카탈로그 같은 것을 내밀었다.

"골라봐. 딱 하나. 너에게 그 누구에게도 지지 않을 힘을 줄게. 강력한 특수 능력. 혹은 전설 급 무기. 자, 뭐든지 딱 하나를 이세계에 가지고 갈 권리를 줄게."

나는 아쿠아의 말을 들으며 그 카탈로그를 받았다. 그리고 카탈로그를 훑어봤다.

……거기에는 《괴력》, 《초마력》, 《성검 아론다이트》, 《마검 무라마사》…… 그것들을 비롯해 여러 가지 이름이 적혀 있었다.

아하, 이 안에서 가지고 갈 능력이나 장비를 고르라는 거구나.

큰일이다. 이렇게 많으니 뭘 선택할지 고민이 되었다.

게다가 게이머의 감으로 볼 때, 이것들은 전부 반칙 급의 능력이나 장비인 것 같았다.

나는 고민했다……. 마법이 있는 이세계에 간다면, 꼭 마법을 써보고 싶다.

그렇다면 역시 마법 사용을 전제로 한 능력을…….

"저기, 빨리 골라 줄래? 어차피 뭘 고르든 마찬가지야. 은둔형 외톨이 게임 오타쿠 따위에게 기대 같은 건 안 하니까, 대충 골라서 빨리 가버려. 뭐든 좋으니까, 빨리 골라~. 빨리 고르라구~."

"오, 오타쿠 아냐……! 그리고 외출했다가 죽었으니까 은둔형 외톨이도 아니라고……!"

나는 약간 떨리는 목소리로 그렇게 말했지만, 아쿠아는 자신의 머리카락 끝을 만지작거리면서 흥미 없는 듯한 목소리로 말했다.

"그런 건 아무래도 상관없으니까 빨리 골라~. 내가 안내해야 하는 사망자는 너 외에도 잔뜩 있단 말이야."

아쿠아는 그렇게 말하면서 의자에 앉더니, 나를 쳐다보지도 않으면서 스낵 과자를 오독오독…….

……이 녀석, 초면인 사람의 사인(死因) 가지고 마구 웃어댄 걸로 모자라, 조금 귀엽게 생겼다고 아까부터 계속 우쭐대고 있잖아.

아쿠아의 귀찮아 죽겠다는 태도를 본 순간, 나는 완전히 뚜껑이 열리고 말았다.

빨리 정하라고?

그럼 정해주겠어.

원하는 것을 『뭐든지』 딱 하나만 들고 갈 수 있다고 했지?

"……그럼, 너."

나는 아쿠아를 손가락으로 가리켰다.

아쿠아는 나를 멀뚱멀뚱 쳐다보면서 과자를 먹어댔다.

"아, 그럼 마법진의 중앙에서 벗어나지 않도록……."

거기까지 말한 후, 아쿠아는 갑자기 움직임을 멈췄다.

"……방금 뭐라고 했어?"

바로 그때였다.

"알겠습니다. 그럼 아쿠아 님의 업무는 제가 이어받도록 하겠습니다."

아무것도 없는 곳에 새하얀 빛이 생겨나더니, 느닷없이 날개 달린 여성 한 명이 나타났다.

……한마디로 말하자면, 천사 같은 여성이었다.

"……어."

어안이 벙벙한 듯한 아쿠아의 발치, 그리고 내 발치에 파란색으로 빛나는 마법진이 생겼다.

오오, 이건 뭐지?

정말 이대로 이세계에 가는 건가?

"자, 잠깐만. 이건 뭐야? 거, 거, 거짓말이지? 아니, 저기, 잠깐만, 이상하잖아! 여신을 데리고 가는 건 반칙이라구! 무효지?! 이건 무효잖아! 기다려! 응?! 기다리란 말이야!"

아쿠아는 당황할 대로 당황했는지 울상을 지은 채 불안에 떨고 있었다.

그런 아쿠아에게…….

"다녀오십시오, 아쿠아 님. 뒷일은 저에게 맡겨주십시오. 아쿠아 님께서 마왕을 쓰러뜨리신다면, 이쪽으로 돌아오실 수 있도록 마중할 이를 보내겠습니다. 아쿠아 님의 업무는 제가 대신 볼 테니 걱정 마십시오."

"기다려! 좀 기다리라구! 나는 여신이라서 치유 능력은 있어도 전투 능력은 없어! 마왕 토벌은 무리란 말이야!!"

느닷없이 나타난 그 천사는 울먹거리면서 애원하는 아쿠아를 흘겨본 후, 나를 향해 부드러운 미소를 지었다.

"사토 카즈마 씨. 지금부터 당신을 이세계로 보내겠습니다. 마왕 토벌을 위한 용사 후보 중 한 명으로서 말이죠. 그리고 당신이 마왕을 쓰러뜨린다면, 신들은 당신에게 포상을 내릴 겁니다."

"……포상?"

내가 앵무새처럼 되묻자 그 천사는 온화한 미소를 지었다.

"예. 세계를 구한다는 위업에 걸맞은 포상. ……당신의 소원을 딱 하나만, 설령 그것이 그 어떤 소원일지라도 이뤄드리죠."

"오옷!"

그 말은 이세계에 질려 일본으로 돌아가고 싶다는 소원도 들어준다는 것일까.

예를 들어, 이세계에서의 생활에 질린다면, 일본에 돌아가 부자에 미소녀들에게 둘러싸인 채 게임 삼매경에 빠져 사는 인생을 살게 해줘! 같은 퇴폐적인 소원도 들어준다는 것일까!

"잠깐만! 그런 멋진 사실을 알려주는 건 내 일이라구!"

갑자기 나타난 천사에게 자기 할 일을 빼앗긴 아쿠아는 엉엉 울어댔다.

아쿠아의 그런 모습을 보면서 나는 충분히 만족했다.

그리고 나는 그녀를 손가락으로 가리키면서 말했다.

"자기가 바보 취급해댄 남자와 함께 이세계로 가게 된 기분이 어때? 너는 내가 가지고 가는 『것』으로 지정됐어. 그러니까 여신이라면 갓 파워 같은 걸로 내가 안락하게 지내게 해달라고!"

"싫어~! 이런 남자와 함께 이세계에 가야 한다니, 싫어어어어어어어어엇!"

"자, 용사여! 수많은 용사 후보들 중에서 당신이 마왕을 쓰러뜨리기를 진심으로 빌겠습니다. ……자, 여행을 떠나십시오!"

"우와아아아아아앙~! 내 대사~!"

천사가 엄숙한 목소리로 그렇게 말한 순간.

나는, 울부짖는 아쿠아와 함께 밝은 빛에 휩싸였다……!

제1장 이 자칭 여신과 이세계 전생(轉生)을!

1

마차가 소리를 내면서 석조 건축물로 이뤄진 마을 안에 난 길을 나아가고 있었다.

"……이세계야. ……어이, 진짜 이세계라고. 지, 진짜로 나는 이제부터 이 세상에서 마법 같은 걸 쓰거나, 모험 같은 걸 하는 거야?"

눈앞에 펼쳐진 광경을 본 나는 흥분에 떨면서 중얼거렸다.

이곳은 벽돌 건물이 줄지어 있는, 중세 유럽풍 마을이었다.

자동차나 바이크는 보이지 않았고, 전봇대도 없으며, 전파탑도 없다.

"아…… 아아…… 아아아아…………."

나는 고개를 두리번거리면서 마을 안을 돌아다니는 사람들을 관찰했다.

"짐승 귀야! 짐승 귀가 있어! 앗, 엘프 귀다! 저 사람은 엘

프야?! 미형인 걸 보니 엘프가 맞나 보네! 잘 가라, 은둔형 외톨이 생활! 반가워, 이세계! 이곳에서라면, 나도 얼마든지 집 밖으로 나가서 일할 수 있다고!"

"아아아아‥‥‥‥‥ 아아아아아아‥‥‥‥‥ 아아아아아아아아아아아!"

나는 내 옆에서 머리를 감싸 쥔 채 고함을 질러대고 있는 아쿠아를 쳐다보았다.

"어이, 시끄러워. 이러다 나까지 머리가 이상한 여자의 동료라는 오해를 받겠다고. 그것보다 너, 나한테 줄 게 있지 않아? 내 지금 옷차림 좀 보라고. 운동복 차림이야. 모처럼 판타지 세계에 왔는데 운동복 차림은 좀 너무하지 않아? 그러니 게임 같은 데서처럼 필요 최소한의 초기 장비 같은 걸‥‥‥."

"아아아아아아아아아아아아아아아아아아아아아아아아아아아아아아아아아아아아아아앗~!!"

여신은 고함을 지르면서 내 목을 움켜잡으려 했다.

"우왓! 뭐, 뭐 하는 거야?! 그만해! 알았어, 초기 장비는 내가 알아서 장만할게! 아니, 그것보다 잘못했어! 그렇게 싫으면 이제 그만 돌아가. 지금부터는 나 혼자서 어떻게 해볼 테니까."

울면서 내 목을 조르려 하는 아쿠아의 손을 쳐낸 후, 나는 꺼지라는 듯이 손을 휘휘 내저으며 그렇게 말했다.

그러자 아쿠아는 손을 부르르 떨었다.

"너 지금 무슨 소리를 하는 거야?! 돌아가지 못하니까 내가 이러는 거라구! 어떻게 하지?! 응?! 어떻게 하면 되냐구! 나 이제 뭘 어떻게 하면 돼?!"

머리를 감싸 쥔 아쿠아는 엉엉 울면서 패닉 상태에 빠졌다.

그 탓에 허리에 닿을 만큼 긴 머리카락이 흐트러졌다. 뭐랄까, 입 다물고 가만히 있으면 엄청난 미소녀지만, 이래서는 정신 나간 여자나 다름없어 보였다. 솔직히 말해 두고 볼 수가 없었다.

"어이, 여신. 진정해. 이럴 때 우리가 가야 할 곳은 술집이야. 술집에 가서 정보 수집부터 하자고. 그게 롤플레잉 게임의 정석이거든."

"뭐……! 게임 오타쿠에 은둔형 외톨이였던 녀석이 왜 이렇게 믿음직한 거야? 아, 카즈마. 내 이름은 아쿠아야. 여신님이라고 불러도 되지만, 가능하면 아쿠아라고 불러줘. 내가 여신이란 게 알려지면 수많은 인파가 몰려들어서 마왕 토벌을 위한 모험 같은 건 하지도 못할 거야. 사는 세계가 다르다고 해도, 나는 일단 이 세계의 사람들이 숭배하는 신 중 한 명이거든."

아쿠아는 그렇게 말한 후, 자신감이 넘쳐흐르는 내 뒤를 졸졸 따라왔다.

자, 이런 때에는 마왕에게 대항하기 위한 모험가 조합이라든가, 몬스터 토벌을 위한 모험가 길드가 있을 것이다.

아니, 잘 생각해보니 아쿠아는 여신이니까, 이 녀석에게 이것저것 물어보면 되지 않을까?

"아쿠아, 일단 모험가 길드가 어디 있는지 가르쳐줘. 어느 쪽으로 가면 돼?"

내가 아쿠아에게 그렇게 묻자, 그녀는 뚱딴지같은 표정을 지었다.

"……뭐? 내가 그런 걸 어떻게 알아. 나는 이 세계의 일반 상식은 알고 있지만, 이 마을에 대한 건 전혀 몰라. 한번 생각해봐. 여기는 수많은 이세계 중 하나에 존재하는 일개 별, 그리고 그 별에 있는 조그마한 마을이라구. 그런 곳에 대한 것까지 알고 있을 리가 없잖아."

이 녀석, 정말 쓸모없네.

나는 어쩔 수 없이 길 가던 아주머니에게 물어보기로 했다.

남자에게 물어봤다가 상대가 질 나쁜 인간이면 골치 아

플 테고, 젊은 여자에게 질문을 하는 건 치킨 하트인 나에게 있어 난이도가 너무 높았다.

"저기, 실례합니다만 뭐 좀 물어봐도 될까요? 모험가 길드 같은 곳을 찾고 있는데, 혹시 어디 있는지 아세요?"

"길드? 어머, 이 마을의 길드를 모르는 걸 보니 타지에서 왔나 보네. 내 말 맞지?"

아주머니의 말을 듣고 길드가 있다는 사실을 안 나는 안도하면서 말했다.

"아, 예. 좀 먼 곳에서 여행을 왔어요. 방금 이 마을에 도착했죠."

"어머나…… 이 마을에 온 걸 보면 모험가가 꿈인가 보구나. 풋내기 모험가의 마을, 액셀에 어서 오렴. 이 길을 쭉 가서 오른쪽 모퉁이를 돌면 간판이 보일 거란다."

"쭉 가서 오른쪽 말이죠. 고맙습니다! ……자, 가자."

풋내기 모험가의 마을이라.

오호라. 죽은 후 이쪽 세계에 온 인간의 스타트 지점으로서는 이상적인 장소다.

아주머니에게 고맙다고 말한 후에 길을 따라가고 있을 때, 내 뒤를 쫄래쫄래 따라오던 아쿠아가 존경 어린 눈길로 나를 쳐다보며 감탄했다.

"저기 말이야. 방금 전에 말 둘러댄 것도 그렇고, 왜 이렇게 수완이 좋은 거야? 이렇게 수완 좋은 남자가, 왜 애인도

친구도 없는 은둔형 외톨이 오타쿠였던 건데? 왜 매일같이 집에 틀어박혀 은둔형 니트 생활을 한 거야?"

"애인과 친구가 없는 건 딱히 나쁜 게 아냐. 친구 숫자나 애인이 있고 없는 걸로 인간의 가치를 매길 수는 없어. 그리고 나를 은둔형 니트라고 부르지 마, 이 빌어먹을 걸레. 은둔형 외톨이와 니트를 합치지 말라고. 나는 아직 열여섯 살이야. 아직 니트라고 불릴 나이는 아니란 말이야. ……아, 저기구나."

빌어먹을 걸레라고 불린 아쿠아가 내 목을 졸랐지만, 나는 그녀를 무시하면서 모험가 길드 안으로 들어갔다.

————모험가 길드————

게임에 빠지지 않고 꼭 나오는, 모험가에게 일을 알선해주거나 혹은 지원해주는 조직.

즉, 이세계의 직업소개소 같은 곳이다.

그곳은 꽤 커다란 건물이었으며, 안에서는 음식 냄새가 흘러나오고 있었다.

이 안에는 난폭한 이들이 있을 것이다.

신참을 보고 괴롭히려 할지도 모른다.

그런 상황을 각오하면서 안에 들어가 보니…….

"아, 어서 오세요~. 일 안내를 원하신다면 안쪽 카운터로, 식사를 원하신다면 빈자리에 앉아주세요~!"

붉은색 단발머리를 지닌 웨이트리스 누님이 사근사근하게 맞이해줬다.

약간 어둑어둑한 이곳은 술집을 겸하고 있는 것 같았다.

갑옷을 걸친 이들이 꽤 있었지만, 딱히 인상이 나빠 보이는 사람은 없었다.

그래도 신참이라서 그런 건지 꽤 주목을 받고 있었다.

……잠시 후, 나는 우리가 주목을 받고 있는 이유를 눈치챘다.

"저기, 나 지금 꽤나 주목받고 있잖아. 혹시 나한테서 배어나오는 갓 아우라 때문에 여신이라는 걸 들킨 걸까?"

이런 어이없는 소리를 하는 여신의 외모.

입만 다물고 있으면 미소녀인 이 녀석이 시선을 모으고 있는 것이리라.

일단 그들의 시선을 무시하고, 당초의 목적부터 수행하자.

"……잘 들어, 아쿠아. 등록만 하면 풋내기 모험가가 생활을 할 수 있도록 이런저런 튜토리얼을 해주는 곳이 바로 모험가 길드야. 첫 모험을 떠나기 전 사전 준비를 하기 위한 돈을 빌려주거나 풋내기도 처리할 수 있는 간단한 일을 소개해주고, 추천 숙박지도 가르쳐주겠지. 게임 개시 직후는 보통 그렇게 해. 원래 이쪽 세계에서 최소한의 생활을 할 수 있는 기반을 준비해주는 건 네 일이라고 생각하지만……. 뭐, 아무튼 오늘은 길드 등록과 장비 입수를 위한 군자금 입수, 그리고 숙박지 확보까지만 하자."

"그런 거 몰라. 내 일은 죽은 사람을 이세계로 보내는 거란 말이야. 아무튼, 게임 같은 건 모르지만 그게 이런 세계에서의 상식이자 정석이라는 거네? 나도 모험가로 등록하면 되는 거야?"

"그래. 그럼 가자."

나는 아쿠아를 데리고 카운터로 바로 향했다.

접수 카운터의 직원은 총 네 명.

그중 두 명이 여성 직원이었다.

나는 그 여성 직원들 중 더 미인 쪽의 줄로 향했다.

"……저기, 다른 세 접수 카운터는 비어 있는데, 왜 이쪽으로 온 거야? 다른 쪽으로 가면 줄 서서 기다릴 필요가 없잖아. ……아, 저 직원이 제일 예쁘기 때문에 이 줄을 고른 거구나? 정말, 좀 믿음직해 보인다고 내가 생각하자마자 꼭 이래야겠어요~?"

나는 뭘 몰라도 한참 모르는 아쿠아에게 낮은 목소리로 가르쳐줬다.

"길드 접수 카운터의 직원과 친해져야 한다는 건 기본 중의 기본이야. 그리고 그 직원이 미인 누님이면 이런저런 플래그가 선다고. 앞으로 깜짝 놀랄 만한 전개 같은 게 기다리고 있을 수도 있지. 저 누님이 실은 엄청 잘나가던 모험가였다, 같은 거 말이야."

"……그러고 보니 만화 같은 데서 그런 이야기를 본 적 있어. 미안해. 잔말 말고 이 줄에 서 있을게."

다른 카운터가 비어 있는데도 굳이 줄을 서는 우리를, 다른 접수 직원들이 힐끔힐끔 쳐다보고 있지만 무시했다.

이윽고 우리 차례가 되었다.

"자아, 무슨 일로 오셨나요?"

그 여성 직원은 서글서글해 보이는 인상의 미인이었다.

웨이브 진 머리카락과 커다란 가슴이 성인 여성다운 분위기를 자아내고 있었다.

"으음, 모험가가 되고 싶어서 왔어요. 하지만 시골에서 갓 올라온지라, 아무것도 몰라요……."

시골에서 왔다든가 먼 외국에서 왔다고 말해두면 길드 직원이 알아서 이런저런 것들을 가르쳐줄 것이다.

"그런가요. 으음, 그럼 등록 수수료가 필요한데 괜찮으신가요?"

그렇다. 그것이 튜토리얼의 기본이다.

남은 건 직원이 시키는 대로 하면…….

…………등록 수수료?

"……어이, 아쿠아. 너, 돈 있어?"

"그런 상황에서 느닷없이 끌려온 나한테 돈이 있을 리가 없잖아."

……맙소사. 이럴 때는 보통 일정 금액의 돈을 빌려주지 않나?

일단 접수 카운터에서 떨어진 곳으로 이동한 나는 아쿠아와 작전 회의를 했다.

"……어이, 이제 어떻게 하지? 벽에 부딪혔어. 보통 게임에서는 이럴 때 최소한의 장비와 생활비가 어찌어찌 손에 들어오는데 말이야."

"느닷없이 믿음직한 느낌이 사라졌네. 뭐, 은둔형 외톨이한테 뭘 바라겠어. 좋아. 이번에는 내 차례야. 여신의 진정한 힘을 보여줄 테니 보고나 있어."

이곳의 테이블 중 하나에는 촌스러운 느낌의 신관복 같은 옷을 입은 프리스트가 앉아 있었다.

아쿠아는 자신만만한 걸음으로 그 남자에게 다가가더니……

"거기 있는 프리스트. 종파를 밝혀! 나는 아쿠아. 아쿠시즈 교단이 숭배하는 신, 여신 아쿠아야! 그대, 만약 내 신자라면……! ……돈 좀 빌려주시면 정말 감사하겠어요."

거만한 건지 비굴한 건지 알 수 없는 태도를 취하며 돈을 구걸했다.

"……나는 에리스 교도인데……."

"아, 그런가요. 죄송해요……."

잘은 모르겠지만, 다른 종파인 것 같았다.

아쿠아가 쓸쓸한 표정을 지으면서 힘없는 걸음걸이로 돌아가려 하자, 그 프리스트가 그녀를 불러 세웠다.

"저기……. 아가씨는 아쿠시즈 교도지? 전설 속 이야기이기는 하지만 여신 아쿠아와 여신 에리스는 선후배 사이이니, 이것도 어찌 보면 인연이라고 할 수 있겠군. 좀 전부터 보고 있었는데, 수수료가 없어서 곤란한 것 맞지? 그 정도라면 내가 줄게. 에리스 님의 가호라고 생각해줘. 하지만, 아무리 독실한 신자라고 해도 여신을 자칭하면 안 돼."

"아…… 예. 죄송해요……. 고맙습니다……."

돈을 받은 후, 아쿠아가 죽은 생선 같은 눈깔을 한 채 돌아왔다.

"아하하……. 내가 여신인 걸 믿어주지 않아……. 그리고 에리스는 내 후배 여신이야. ……나, 후배 여신의 신자한테 동정을 산 걸로 모자라 돈까지 받고 말았어……."

"뭐, 뭐어, 결과가 좋으면 만사 오케이라고 생각해. 그리고 저 사람들이 네가 여신이라는 걸 믿는다면 그건 그것대로 곤란할 거라고!"

중요한 무언가를 잃어버린 듯한 얼굴로 돌아온 아쿠아를, 나는 대충 위로했다.

"으음……. 등록 수수료 가지고 왔어요."

"아…… 예……. 등록 수수료는 1인당 1000에리스예요……."

아쿠아가 프리스트에게 받은 돈은 3000에리스.

아쿠아의 말에 따르면 1에리스는 1엔 정도의 가치라고 하니 3000엔 정도를 받은 게 된다.

한편, 접수 카운터의 누님은 우리에게 전혀 간섭하지 않았을 뿐만 아니라, 나나 아쿠아와 가능한 한 시선을 맞추지 않으려 했다.

아무래도 나는 이 누님과의 플래그를 스타트 지점에서 부러뜨리고 만 것 같았다.

"두 분 다 모험가가 되고 싶어 하니 어느 정도는 알고 계시겠지만, 일단 간단하게 설명해드릴게요. ……우선, 모험가는 마을 밖에 서식하는 몬스터……. 인간에게 해를 끼치는 것들을 토벌하는 임무를 맡는 사람을 말합니다. 하지만 기본적으로는 해결사 같은 거라고 보면 돼요. ……모험가는 그런 일들을 생업으로 삼은 사람들의 총칭이죠. 그리고 모험가에게는 직업이라는 게 존재해요."

오오, 바로 이걸 기다렸다고.

모험가 하면 바로 이거다. 직업, 잡, 클래스 등, 호칭은 각양각색이지만, 아무튼 자신의 전투 스타일을 정하는 것이다.

전사 같은 평범한 것보다는 마법사 같은 화려한 게 좋겠지.

접수 카운터의 누님은 나와 아쿠아에게 카드를 한 장씩 내밀었다.

면허증 정도 크기의 카드는 언뜻 보기에 신분증처럼 생겼다.

"여기에 레벨이라는 항목이 있죠? 알고 계시겠지만, 이 세상에 존재하는 것들은 몸 안에 혼을 지니고 있습니다. 어떤 존재든 생물을 먹거나, 죽이거나, 혹은 뭔가의 생명 활동에 종지부를 찍음으로써 그 존재가 지닌 혼의 기억 중 일부를 흡수할 수 있죠. 통칭, 경험치라고 불리는 거예요. 그것들은 원래 눈에 보이지 않습니다. 하지만……."

누님은 카드의 일부를 손가락으로 가리켰다.

"이 카드를 지니고 있으면, 그 모험가가 흡수한 경험치가 표시돼요. 그에 따라 레벨이라는 것도 표시되죠. 그것이 그 모험가가 지닌 실력의 척도가 되며, 토벌을 얼마나 했는지도 기록된답니다. 경험치가 모이면 모든 생물은 어느 날 갑자기 급격하게 성장해요. 흔히 레벨 업이나 벽을 뛰어넘었다고 말하는데……. 뭐, 간단하게 말해 레벨이라는 게 올라가면 새로운 스킬을 익히기 위한 포인트를 비롯해 여러 가지 특전이 들어와요. 그러니 열심히 레벨을 올려주세요."

나는 그 말을 듣고 아쿠아가 했던 말을 떠올렸다.

그녀는 「너……. 게임 좋아하지?」 하고 나에게 말했다.

확실히 방금 들은 설명만으로 본다면 그야말로 게임 그

자체였다.

"우선 두 분 다 이 서류에 신장과 체중, 연령, 신체적 특징 등을 기입해주세요."

접수 카운터의 누님이 내민 서류에 나는 자신의 특징을 적었다.

키 165센티미터, 체중 55킬로그램. 나이는 열여섯, 갈색 머리카락에 갈색 눈동자……

"예. 충분해요. 으음, 그럼 두 분 다 이 카드를 만져주세요. 그러면 여러분의 스테이터스를 알 수 있으니, 그 수치에 맞춰 되고 싶은 직업을 선택하시면 된답니다. 경험치가 쌓이면 선택한 직업에 따라 각종 전용 스킬을 습득할 수 있으니, 그 점을 고려해가면서 직업을 선택해주세요."

오, 드디어 이 순간이 찾아왔군.

곧 내 엄청난 잠재 능력이 밝혀져, 길드 안이 술렁거릴 것이다.

나는 내심 긴장하면서도, 기대를 품으며 카드를 만졌다.

"……예. 감사합니다. 사토 카즈마 씨, 군요. 으음……. 근력, 생명력, 마력과 손재주, 민첩성…… 전부 평범하군요. 지력이 약간 높은 것 외에는…… 어머? 행운이 매우 높네요. 하지만 모험가에게 행운은 그다지 필요 없는 수치인데……. 아무튼, 어떻게 하시겠어요? 이 수치로 선택할 수 있는 직업은 기본 직업인 《모험가》뿐이에요. 이렇게 행운 수치가 높다면 모험가보다는 상인이 되는 편이 나을 것 같습니다만……. 어쩌시겠어요?”

어이, 느닷없이 모험가 인생을 부정당했잖아. 뭐가 어떻게 된 거냐고.

나는 옆에서 히죽거리는 아쿠아를 한 대 때려주고 싶었다.

내가 약하면 너도 곤란할 거란 말이다.

“으, 으음, 저기, 모험가로 부탁드릴게요…….”

누님은 걱정스러운 표정을 지으면서 말했다.

“그, 그래도, 레벨을 올려 스테이터스가 상승하면 전직이 가능하답니다! 게다가 이 모험가라는 직업은 명칭을 통해서도 알 수 있듯 모든 모험가 직업을 통합해놓은 거라고 할 수 있죠……. 그리고 초기 직업도 꼭 나쁘기만 한 건 아니에요. 왜냐하면, 모든 직업의 스킬을 습득해서 사용할 수 있거든요!”

“그 대신, 스킬 습득에 대량의 포인트가 필요하고, 직업 보정도 없기 때문에 같은 스킬을 사용해도 그게 본업인 사람에게는 미치지 못하지만 말이야. 즉, 잔재주 수준이라는 거야.”

접수 카운터의 누님이 위로하듯 해준 말에 아쿠아는 바로 찬물을 끼얹었다.

이 녀석, 진짜 확 버려버릴까.

아무래도 나는 기본적이랄까, 초기 클래스라고 할까.

아무튼, 최약체 직업이 된 것 같았다.

하지만, 이걸로 나는 게임에서나 나오는 모험가가 되었다.

약간 감개무량해진 나는 이름과 함께 직업 《모험가》라고 적힌 카드를 움켜쥐었다⋯⋯.

"앗?! 아아아아앗?! 이 수치는 대체 뭐죠?! 지력이 평균에 미치지 못하고, 행운이 최저 수준이기는 하지만, 그 외의 모든 스테이터스가 평균치를 크게 상회하고 있잖아요! 특히 마력이 상상을 초월할 정도예요! 당신, 대체 정체가 뭐죠⋯⋯?!"

아쿠아가 만진 카드를 본 누님이 큰 소리로 그렇게 말했다.

그 순간, 길드 안이 술렁거렸다.

⋯⋯어, 그런 건 원래 내 이벤트 아냐?

"어, 그, 그래? 나, 그렇게 대단한 거야? 이야, 뭐, 나한테 이 정도야 당연한 거지."

역시 썩어도 준치, 아니, 여신인 걸까.

하지만 잘난 척해대는 아쿠아를 보니 짜증이 치솟았다.

"대, 대단하다는 말로도 부족할 정도예요! 높은 지력을 필요로 하는 마법사 계통 직업은 무리겠지만⋯⋯. 그 외에는 그 어떤 직업이라도 될 수 있어요! 최고의 방어력을 자랑하는 성기사 《크루세이더》. 최고의 공격력을 자랑하는 검사 《소드 마스터》. 승려의 상급 직업인 《아크 프리스트》^{프리스트} 등⋯⋯ 처음부터 대부분의 상급 직업이 될 수 있다고요……!"

누님의 말을 들은 아쿠아는 잠시 동안 고민했다.

"으음, 여신이라는 직업이 없는 게 아쉽네……. 그럼 아크 프리스트로 하겠어."

"아크 프리스트군요! 대부분의 회복 마법과 지원 마법을 사용할 수 있으며, 전위에 배치해도 문제없을 만큼 강한 만능 직업이에요! 그럼…… 저희 모험가 길드에 오신 걸 환영해요. 아크 프리스트 아쿠아 님. 길드 스태프 일동은 당신이 앞으로 보여줄 활약을 진심으로 기대하고 있습니다!"

누님은 그렇게 말하면서 환한 미소를 지었다.

……어라, 이게 어떻게 된 거지?

이런 이벤트는 나한테 일어나야 하는 걸 텐데…….

뭐어, 아무튼.

이렇게 이세계에서의 모험가 생활이 시작되었다.

2

"좋아, 수고했어! 오늘은 이쯤 하고 돌아가도록 해! 자, 오늘 수당이야."

"고맙습니다. 그리고 수고하셨습니다~!"

"수고하셨습다~!"

인부 감독에게 퇴근하라는 말을 들은 나와 아쿠아는 일당을 받은 후 인사를 건네면서 고개를 숙였다.

"그럼 여러분, 먼저 실례하겠습니다~!"

"실례하겠슴다~!"

"그래, 수고했어! 내일도 잘 부탁해!"

내가 선배들에게 인사를 하자, 아쿠아도 내 뒤를 이어 인사를 했다.

나와 아쿠아는 선배들의 대답을 들으면서 현장에서 빠져나왔다.

아아, 오늘도 열심히 일했다.

내가 과거에 은둔형 외톨이였다는 게 이제는 믿기지가 않았다.

나와 아쿠아는 방금 받은 오늘 수당을 들고 이 마을에 있는 대중목욕탕으로 향했다.

대중목욕탕은 일본의 목욕탕과 크게 다르지 않았다.

일반인의 평균 임금으로 환산해보면 일본에 비해 요금이 조금 비싸기는 하지만, 일 끝낸 후에 즐기는 목욕은 좀 비싸더라도 관둘 수가 없었다.

"아……. 살 것 같아……."

뜨거운 물에 어깨까지 담근 나는 일하면서 쌓인 피로를 천천히 풀었다.

중세 느낌의 이세계인지라 목욕 같은 건 사치일 거라고

생각했지만, 아무래도 그건 내 오해였던 것 같았다.

정말 다행이야……!

목욕을 끝내고 밖으로 나가자, 아쿠아가 목욕탕 입구에서 나를 기다리고 있었다.

여자보다 오래 목욕하는 건 좀 그렇다는 생각이 들었지만, 일본인은 목욕을 좋아하기에 어쩔 수가 없었다.

"오늘은 뭘 먹을까? 나, 스모크 리저드 햄버그가 먹고 싶어. 그리고 무지무지 시원한 크림슨 네로이드도 마실래!"

"나도 고기가 먹고 싶어. 그럼 여관 아저씨에게 스모크 리저드 햄버그 정식 2인분을 주문할까?"

"이의 없음!"

아쿠아와 둘이서 정식을 깨끗하게 먹어치운 후, 딱히 할 일이 없었기에 바로 마구간으로 이동했다.

우리는 말똥이 묻지 않은 짚을 골라 잠자리를 만든 후, 드러누웠다.

내 옆에는 당연하다는 듯이 아쿠아가 드러누워 있었다.

"그럼 잘 자~."

"응. 너도 잘 자. ……휴우. 오늘도 정말 보람차게 보냈어……."

그리고 나는 기분 좋은 피로감을 느끼면서 깊은 잠에 빠져들…………

"아니, 잠깐만 있어봐."

나는 몸을 벌떡 일으켰다.

"왜 그래? 자기 전에 화장실 가는 걸 깜빡한 거야? 어두우니까 같이 가줄까?"

"됐어. 아니, 그것보다 말이야. 우리는 왜 당연한 듯이 노동자 생활을 하고 있는 거야?"

그렇다.

나와 아쿠아는 2주 동안 계속 외벽 확장 공사 일을 했다.

즉, 토목 공사 인부가 된 것이다.

그것은 내가 이세계에 오면서까지 추구했던 모험가 생활과는 거리가 멀었다.

아니, 그것보다 아쿠아는 왜 이런 생활에 완전히 익숙해져버린 거야?

너는 여신이잖아.

"그야 일 안 하면 밥을 먹을 수가 없기 때문이지. 공사 일이 싫은 거야? 정말 이래서 은둔형 니트는 성가시다니깐. 인부 외에는 상점가 점원 일도 있는데, 그걸 할래?"

"그런 문제가 아냐! 내가 추구하는 건, 몬스터와의 손에 땀나는 전투! 같은 거라고! 그리고, 이 세계는 마왕에게 공격을 받아 위기에 처한 거 아니었어?! 완전 평화 그 자체잖아! 마왕의 마 자도 안 보인다고, 인마!"

흥분한 바람에 내가 언성을 높이자, 주위에서 짜증 섞인 목소리가 들려왔다.

"어이, 시끄럽잖아! 좀 조용히 자라고!"

"아, 죄송합니다!"

풋내기 모험가는 가난하다.

그렇기에 여관에 방을 잡고 매일같이 묵는 일은 거의 없다.

일반적으로는 다른 모험가와 돈을 모아 커다란 방을 빌려 새우잠을 자거나…….

지금의 우리처럼 여관 마구간을 빌려 짚 위에서 잔다.

그렇다. 지금의 우리 생활은 내가 상상했던 이세계 생활, 기대해 마지않았던 모험가 생활과는 달라도 너무 달랐다.

여관 생활이라는 것은 일본에 비유하자면 매일같이 호텔에 숙박하는 것이나 다름없다.

수입이 불안정한 모험가에게는 도저히 무리였다.

……그렇다. 우리는 수입이 불안정했다.

게임에 나오는 것처럼 간단한 약초 채집이나 마을 근처에 있는 몬스터 토벌 같은 《퀘스트》가 하나도 존재하지 않았기 때문이다.

몬스터를 대충 쓰러뜨린다고 돈이 굴러들어오는 것이 아니었다.

마을 근처의 숲에 사는 몬스터는 옛날에 박멸당한 것 같았다.

몬스터가 없는 안전한 숲에서의 채집 퀘스트를 보수까지 제시하면서 의뢰하는 사람은 거의 없었다.

그럴 만도 했다.

마을 밖은 아이들도 아무렇지 않게 나갈 수 있을 만큼 안전했다.

문지기를 세워 개미 한 마리 출입 못 하게 계속 경비하는 것보다, 그렇게 큰 숲이 아니라면 거기에 서식하는, 인간에게 해를 끼치는 몬스터들을 박멸하는 편이 나을 것이다.

듣고 보니 당연한 말이기는 하지만, 그런 현실적인 일들은 가능하면 알고 싶지 않았다.

풋내기만 겨우 벗어난 모험가도 구분할 수 있는 약초를 숲에 들어가서 한나절 정도 채집하는 것으로 그 날의 호텔비와 세끼 식사할 돈을 벌 수 있다.

현실에 그런 누워서 떡 먹기 같은 일이 있을 리가 없다는 건가.

생각해보니 지구에서도 유복한 편에 속하는 나라인 일본에조차 호텔 생활을 하는 하루 벌이 노동자는 없을 것이다.

최저 임금? 노동 기준법? 그게 뭐야? 먹는 거야?

여기는 그런 이세계다.

"나, 나한테 그런 소리 하지 마. 이곳은 마왕의 성에서 가장 먼 마을이야. 이런 변경에 있는, 게다가 풋내기 모험가만 있는 마을을 마왕이 일부러 공격할 리가 없잖아. ……

아무튼, 카즈마는 모험가다운 모험을 하고 싶은 거야? 아직 제대로 된 장비조차 갖추지 못했는데?"

나는 아쿠아의 정론을 듣고 끽소리도 하지 못했다.

그렇다. 나와 아쿠아는 필요 최소한의 모험용 도구와 장비조차 갖추지 못했다. 우선 그것들을 갖추기 위해 안전한 토목 작업 아르바이트에 힘쓰고 있지만······.

"슬슬 토목 작업에도 질렸어······. 나는 노동이나 하려고 이세계에 온 게 아냐. 나는 모험을 하기 위해 컴퓨터와 게임이 없는 이 세계에 온 거라고. 나는 마왕을 토벌하기 위해 이 세계에 보내진 거잖아?"

내 말을 들은 아쿠아는 무슨 소리를 하는 거지? 라고 말하는 듯한 표정을 지은 채 잠시 동안 생각에 잠긴 후······.

"아앗! 그러고 보니 그런 이야기도 있었지. 맞아. 노동의 기쁨에 흠뻑 빠져서 깜빡하고 있었지만, 카즈마가 마왕을 쓰러뜨리지 못하면 나도 돌아갈 수 없어."

그 어이없는 대답을 듣고, 나는 접수 카운터의 누님이 이 녀석은 지력 스테이터스가 낮다고 말했었다는 사실을 떠올렸다.

"좋아. 토벌하러 가자, 토벌! 내가 있으니까 후딱 해치워버릴 수 있을 거야! 기대하라구!"

"뭐, 뭐랄까, 엄청 불안하지만······. 그러고 보니 너는 여신이었지. 그래, 너만 믿겠어! 좋아. 그럼 모아둔 돈으로 최소한의 장비를 갖춘 후, 내일은 레벨을 올리러 가자!"

"나만 믿어!"

"시끄럽다고 했잖아! 두들겨 맞고 싶냐?!"

""잘못했습니다!""

다른 모험가에게 사과한 후, 나는 두근대는 가슴을 안은 채 잠에 빠져들었다.

3

구름 한 점 없는 푸른 하늘 아래.

"아아아아아아아아! 도와줘! 아쿠아, 도와줘어어어어어 엇!"

"푸푸푸풉~! 우와, 완전 대박이야! 카즈마가 새빨개진 얼굴로 울상을 지으면서 필사적으로 도망 다니고 있어!"

좋아. 저 녀석은 나중에 꼭 묻어버리자.

나는 그렇게 결심한 후, 거대한 개구리형 몬스터, 자이언 트 토드에게서 열심히 도망 다녔다.

마을 밖에 펼쳐진 광대한 평원 지대.

길드에 가서 퀘스트를 받은 우리는 이곳에 왔다.

참고로 나는 필요 최소한의 무기로서 쇼트 소드를 장비 했다.

그리고 여신이 필사적으로 무기를 휘두르는 건 폼이 나지 않는다는 바보 같은 소리를 하며 아무런 무기도 장비하지 않은 아쿠아는 개구리에게 쫓기는 나를 느긋하게 쳐다보고 있었다.

현재 나를 쫓고 있는 이 녀석들은 개구리라고 깔볼 수가 없었다.

몸집은 소보다도 거대하고, 번식기가 되면 산란을 위한 체력을 쌓기 위해 먹잇감이 많은 마을 근처까지 와서 농가에서 기르는 산양을 통째로 삼킨다고 한다.

산양을 통째로 삼킬 수 있다니, 나나 아쿠아도 한 입 거리밖에 안 될 것이다.

실제로 매년 이 개구리의 번식기에는 마을 아이들이나 농가 사람들이 행방불명된다고 한다.

겉보기에는 그저 거대한 개구리.

하지만 마을 근처에 살다 박멸당한 약해빠진 몬스터와는 비교도 되지 않을 만큼 위험시되고 있는 몬스터.

참고로 이 몬스터의 고기는 다소 단단하기는 하지만 담백하고 산뜻한 맛이기 때문에 식재로서 인기가 많다고 한다.

그리고 두꺼운 지방 때문에 타격 계열 공격이 거의 통하지 않는다고 한다.

금속을 싫어하기 때문에 장비만 제대로 갖추면 포식당할 걱정이 없다. 그래서 웬만한 모험가들은 여유롭게 상대할 수 있는 몬스터인 것 같았다.

그래서 실력이 좋은 모험가들은 곧잘 이 녀석들을 사냥하러 간다지만…….

"아쿠아~! 아쿠아~!! 웃고만 있지 말고 도와줘어어어어어어엇!"

"우선 나한테 『씨』라는 호칭을 쓰는 것부터 시작해볼까?"

"아쿠아 님~!"

나중에 저 녀석의 목 아랫부분을 지면에 묻어서 개구리에게 쫓기는 공포를 맛보게 해주자.

울상이 된 나는 폴짝폴짝 뛰면서 한사코 나를 쫓고 있는 개구리를 쳐다보았다.

하지만 개구리의 시선은 나를 향하고 있지 않았다.

개구리의 시선이 향하고 있는 곳은………….

"어쩔 수 없네~! 좋아! 구해줄게, 은둔형 니트! 그 대신 내일부터는 나를 숭배하도록 해! 마을에 돌아가면 아쿠시즈교에 들어가서, 하루 세 번 나에게 기도할 것! 식사 때는 내가 달라는 반찬을 저항하지 말고 순순히 내놓을 것! 그리고 히꾹?!"

잘난 척하면서 무슨 말을 하던 아쿠아가 갑자기 사라졌다.

고개를 돌려보니, 나를 쫓아오던 개구리가 움직임을 멈췄다.

그 개구리의 입 사이로 무언가가 튀어나와 있었다.

저 새하얀 것은…….

"아쿠아~! 네, 네가 잡아먹히면 어떡하냐아아아아아아!"

개구리에게 먹힌 아쿠아의 발이 개구리의 입 사이로 튀어나와 꿈틀거리고 있었다.

나는 쇼트 소드를 뽑아 들면서 개구리를 향해 돌진했다!

"훌쩍……. 윽, 후에에에에에에엥……. 훌쩍……!"

내 눈앞에는 개구리 점액으로 범벅이 된 채 무릎을 끌어안고 주저앉아 있는 아쿠아가 있었다.

그녀의 옆에는 내가 머리를 박살 낸 개구리가 뻗어 있었다.

"으윽…… 훌쩍……. 고, 고마워……. 카즈마, 고, 고마워……! 우와아아아아아아아아앙……!"

개구리의 입에서 빼낸 아쿠아는 좀 전부터 계속 울어대고 있었다.

아무리 여신이라고 해도, 개구리에게 잡아먹힐 뻔하고 충격을 받은 것 같았다.

"아, 아쿠아, 괜찮아? 정신 차려……. 저기, 오늘은 이만 돌아가자. 우리가 받은 퀘스트는 사흘 안에 개구리 다섯 마리를 해치우는 거지만, 이 녀석은 우리가 감당할 수 있는 상대가 아냐. 좀 더 장비를 보강한 후에 도전하자고. 나는 무기라고는 쇼트 소드 하나뿐인 데다, 방어구가 없어서 운동복 차림이잖아. 하다못해 모험가다운 복장을 갖춘 후에 다시 도전하자."

솔직히 말해 풋내기인 내가 개구리를 쓰러뜨린 것도, 개구리가 아쿠아를 삼키기 위해 움직임을 멈춘 덕분이었다.

우리를 향해 덤벼드는 개구리와 정면에서 맞서 싸울 용기는 솔직히 없었다.

하지만 몸을 일으킨 아쿠아는 점액 범벅이 된 상태에서도 고집을 꺾지 않았다.

"훌쩍……. 여신이, 개구리 따위에게 이런 꼴이 되고 잠자코 물러설 수 있을 것 같아……?! 나는 이미 더럽혀졌어. 이렇게 더러워진 나를 신자들이 봤다간 신앙심이 바닥까지 떨어질 거라구! 그것도 모자라 개구리 따위에게 꽁지를 말고 도망쳤다는 게 알려지면 아름답고 사랑스러운 아쿠아 님의 명성마저 바닥에 떨어질 거야!"

걱정하지 마. 매일같이 아저씨들의 몇 배나 되는 짐을 땀을 뻘뻘 흘리며 옮기고, 목욕 후 저녁 식사를 그 무엇보다 고대할 뿐만 아니라, 마구간 짚더미 위에서 침을 질질 흘리면서 자는 네 모습을 신자들이 본다면 점액 범벅이 된 모습 같은 건 개의치 않을 거야.

하지만 아쿠아는 내가 말릴 틈도 주지 않고 조금 떨어진 곳에 있는 개구리를 향해 돌진했다.

"앗! 어이! 기다려, 아쿠아!"

내 말을 무시한 아쿠아는 개구리에게 돌진하더니, 그 기세를 그대로 실어 흰색으로 빛나는 주먹을 개구리의 복부를 향해 날렸다.

"신의 힘을 톡톡히 느껴봐! 나를 막아선 것을, 그리고 신에게 맞선 것을! 지옥에서 후회하며 참회해! 갓 블로!"

그러고 보니, 길드 직원의 말에 따르면 타격 계열 공격은 거의 효과가 없다던데…….

출렁하면서 개구리의 부드러운 복부에 아쿠아의 주먹이 박혔다. 그리고 그녀의 주먹을 맞은 개구리는 마치 아무 일도 없었던 것처럼…….

아쿠아는 개구리와 시선을 마주한 채 중얼거렸다.

"……이, 이렇게 보니 개구리도 꽤 귀여운 것 같아."

…………나는 잡아먹은 먹잇감을 삼키기 위해 움직이지 않는 개구리를 또 해치운 후, 점액 범벅이 된 채 흐느껴 우는 여신을 데리고 오늘의 토벌을 끝냈다.

4

"역시 둘이서는 무리였어. 그러니까 동료를 모집하자!"

마을에 귀환한 우리는 먼저 대중목욕탕에 가서 몸을 씻은 후, 모험가 길드에서 개구리 허벅지살 튀김을 먹으며 작전 회의를 했다.

이곳, 모험가 길드는 모험가들의 약속 장소나 휴식 장소로도 쓰이고 있다. 그리고 토벌한 몬스터의 매입도 하며, 몬스터 요리를 취급하는 술집도 겸하고 있었다.

오늘은 개구리 두 마리 분의 고기를 손에 넣었기 때문에, 길드에 개구리 고기를 팔고 그럭저럭 돈을 받을 수 있었다.

그렇게 거대한 개구리를 겨우 둘이서 옮길 수 있을 리가 없다.

하지만 길드에 부탁하면 쓰러뜨린 몬스터의 이송 서비스를 해준다고 한다.

개구리 한 마리의 매입 가격은 이송 서비스를 포함해 5000에리스다.

솔직히 말해 토목 작업 아르바이트를 해서 버는 수입과 크게 차이가 나지 않았다.

그래도 개구리 튀김은 조금 딱딱하기는 해도 의외로 맛있어서 놀라웠다.

이세계에 처음 왔을 때만 해도 도마뱀이나 개구리를 먹는다는 사실에 거부감을 느꼈지만, 정식 메뉴로서 나온 걸 먹어보니 의외로 맛있는 것이 많았다.

눈앞에 있는 여신은 그 어떤 요리도 주저 없이 먹어댔지만 말이다.

"하지만……. 동료를 모집하려고 해도, 신출내기 모험가인 데다 장비도 제대로 갖추지 못한 우리와 파티를 맺으려는 녀석이 과연 있을까?"

개구리 튀김을 입안 가득 넣은 아쿠아는 들고 있던 포크를 좌우로 흔들었다.

"이 애가 이쓰이까, 웅오……."

"입안에 있는 거 좀 삼키고 말해."

아쿠아는 입안의 음식을 꿀꺽 삼킨 후 말했다.

"이 내가 있으니까, 동료 정도는 모집만 하면 금방 생길 거야. 나는 최상급 직업인 아크 프리스트라구. 그 어떤 회복 마법도 쓸 수 있고, 보조 마법과 독이나 마비 등의 치유, 소생도 식은 죽 먹기지. 그 어떤 파티에서도 군침을 삼키며 나를 영입하고 싶어 할걸? 카즈마 때문에 지상에 떨어진 바람에 원래의 힘을 전혀 발휘할 수 없는 상태가 되기는 했지만, 그래도 나는…… 어험! 아쿠아 님이라구. 동료를 모집하면 「부탁입니다. 동료로 삼아주십시오.」 하면서 희망자들이 구름처럼 몰려들 거야! 알았으면 개구리 튀김을 하나 더 내놔!"

그렇게 말하면서 내 접시에 놓인 튀김을 빼앗아가는 자칭 여신을, 나는 불안 섞인 눈길로 쳐다보았다.

5

다음 날, 모험가 길드.

"……………안 오네…….."

아쿠아는 쓸쓸함이 묻어나는 목소리로 중얼거렸다.

모집 용지를 붙인 우리는 모험가 길드 구석에 있는 테이블에서 한나절 넘게 미래의 영웅 후보님을 기다리고 있었다.

아무래도 다른 모험가들이 모집 용지를 보지 못한 것 같지는 않았다.

우리 이외에도 파티 모집 중인 모험가는 꽤 있었다. 하지만 그들은 차례차례 참가 희망자의 면접을 보고, 담소를 나눈 후, 그들을 어딘가로 데려갔다.

아무도 오지 않는 이유는 알고 있다.

"……어이, 허들 좀 내리자. 우리 목적이 마왕 토벌이니 어쩔 수 없기는 하지만……. 그래도 상급 직업만 모집한다는 건 좀 그렇다고."

"으으……. 하지만, 하지만……."

이쪽 세계의 모험가가 지니는 직업 중에는 상급 직업이라는 것이 있다.

아쿠아의 직업인 아크 프리스트도 그 상급 직업 중 하나다.

평범한 인간은 될 수 없는, 간단히 말해 용사 후보인 것이다.

물론 그런 용사 후보는 이미 다른 파티에서 우대되고 있다.

아쿠아는 마왕 토벌을 위해 가능한 한 강력한 인재를 모집하고 싶은 것이리라.

하지만······.

"이대로는 한 명도 안 올 거야. 그리고 너는 상급 직업이지만 나는 최약체 직업이라고. 동료들이 전부 엘리트라면 내 입지가 좁아질 거야. 그러니까 허들을 조금만 내려······."

내가 그렇게 말하면서 자리에서 일어나려 한 순간이었다.

"상급 직업인 모험가를 모집한다고 해서 왔습니다만, 제대로 찾아온 것 맞나요?"

나른하면서도 졸린 듯한 눈동자.

검고 촉촉한 질감을 지닌, 어깻죽지에 닿을락 말락 하는 길이의 머리카락.

우리에게 말을 건 이는 검은색 망토와 검은색 로브, 검은색 부츠 차림에 한 손에 지팡이를 들고 뾰족 모자를 쓴, 전형적인 마법사 소녀.

인형 같아 보일 만큼 반듯한 얼굴을 지닌 ─로리 소녀─ 였다.

이쪽 세계에서는 어린애가 일을 하는 것도 그렇게 드문 일은 아닌 것 같지만······.

열둘, 열세 살 정도로 보이며, 안대로 한쪽 눈을 가린 조그마한 체구의 가녀린 소녀는 갑자기 망토를 펄럭이며 말했다.

"내 이름은 메구밍! 아크 위저드를 생업으로 삼고 있으며, 최강의 공격 마법, 폭렬 마법을 펼치는 자······!"

"……………우리를 놀리러 온 거야?"

"아, 아니에요!"

그 소녀의 자기소개를 듣고 내가 무심코 딴죽을 날리자, 그녀는 허둥지둥 부정했다.

그것보다 메구밍은 또 뭐야?

"그 붉은 눈……. 너, 혹시 홍마족이야?"

아쿠아의 질문을 들은 그 애는 고개를 끄덕인 후, 아쿠아에게 자신의 모험가 카드를 건넸다.

"그렇다! 나는 홍마족 제일의 마법사, 메구밍! 내 필살 마법은 산을 무너뜨리고, 바위 또한 부수지……! ……그런 우수한 마법사는 필요하지 않나요? ……그리고 뻔뻔한 부탁이지만, 사흘 동안 아무것도 먹지 못해서 그러는데 면접 전에 먹을 것 좀 사주지 않겠어요……?"

메구밍은 그렇게 말하면서 슬픔이 어린 듯한 눈동자로 우리를 지그시 바라보았다.

그와 동시에 메구밍의 배 언저리에서 꼬르륵 하는 안타까운 소리가 흘러나왔다.

"……밥 사주는 건 괜찮은데 말이야. 왜 안대를 하고 있는 거야? 혹시 다친 거라면 이 녀석한테 치료받는 게 어때?"

"……홋. 이건 나의 강대한 마력을 억누르기 위한 매직 아이템……. 만약 이것이 벗겨진다면……. 그때는 이 세상에 거대한 재앙이 닥치게 될지니…….”

“흐음……. 봉인 같은 거구나.”

“뭐, 거짓말이에요. 그냥 멋 삼아 착용하고 있는 평범한 안대……. 앗, 죄송해요. 그만하세요. 잡아당기지 마세요!”

“……으음. 카즈마는 모를 테니 설명해주자면, 홍마족은 태어날 때부터 높은 지력과 강한 마력을 지니고 있어. 즉, 대부분이 뛰어난 마법사가 될 소질을 갖추고 있는 거지. 홍마족은 종족명의 유래가 될 만큼 특징적인 붉은 눈동자와…… 각자가 이상한 이름을 지녔어.”

아쿠아가 메구밍의 안대를 잡아당기고 있는 나를 향해 말했다.

……그랬구나. 이름과 안대 때문에 나를 놀리는 줄 알았다.

내가 안대에서 손을 떼자, 메구밍은 마음을 진정시키면서 말했다.

“이상한 이름이라니, 정말 무례하군요. 저한테 있어서는 이 마을 사람들의 이름이 이상하다고요.”

“……네 부모님의 이름을 물어봐도 될까?”

“어머니는 유이유이. 아버지는 효이자부로예요.”

““………….””

나와 아쿠아는 무심코 침묵했다.

“…………일단 이 애의 종족 중에는 뛰어난 마법사가 많은 거지? 동료로 삼아도 괜찮겠어?”

"어이, 내 부모님의 이름 가지고 할 말이 있으면 해봐라."

나를 향해 얼굴을 내민 메구밍에게, 아쿠아는 모험가 카드를 돌려줬다.

"괜찮지 않겠어? 모험가 카드는 위조된 게 아니고, 그녀는 상급 직업이자 강력한 공격 마법을 쓸 수 있는 마법사, 아크 위저드가 틀림없어. 카드에 표기된 마력치도 높으니까 꽤 기대해도 될 거야. 만약 그녀가 진짜로 폭렬 마법을 쓸 수 있다면 그건 정말 엄청난 일이라구. 폭렬 마법은 습득이 매우 어려운 걸로 알려진 폭렬계의 최상급 클래스 마법이거든."

"어이, 나를 부를 때는 그녀 같은 호칭이 아니라 이름으로 불러줬으면 한다."

나는 항의를 하는 메구밍에게 이 가게의 메뉴판을 건넸다.

"뭐, 일단 먹을 것부터 주문해. 나는 카즈마. 이 녀석은 아쿠아야. 잘 부탁해, 아크 위저드."

메구밍은 뭔가 할 말이 있는 듯한 표정을 지으면서도, 아무 말 없이 메뉴판을 잡았다.

6

"폭렬 마법은 최강 마법. 그런 만큼 마법을 쓰기 위해서는 상당한 준비 시간이 필요해요. 그러니 준비가 될 때까지

저 개구리의 발을 묶어주세요."

우리는 배를 가득 채운 메구밍을 데리고 자이언트 토드에게 리벤지를 하러 평원에 왔다.

우리에게서 꽤 떨어진 곳에 개구리 한 마리가 있었다.

우리를 발견한 그 개구리는 이쪽을 향하고 있었다.

그리고 반대 방향에 있던 다른 개구리가 우리를 향해 돌진하는 모습이 눈에 들어왔다.

"떨어진 곳에 있는 개구리를 마법의 표적으로 삼아줘. 가까운 쪽은…… 어이. 가자, 아쿠아. 이번에야말로 리벤지하는 거야. 너, 일단은 전직 뭐시기잖아? 때로는 전직 뭐시기다운 실력을 보여달라고!"

"전직이 뭐야?! 나는 현재 진행형적으로 여신이라구! 아크 프리스트는 내 일시적인 모습이란 말이야!"

울상을 지으며 내 목을 조르려고 하는 자칭 여신을, 메구밍은 이상하다는 듯이 쳐다보면서 말했다.

"……여신?"

"……을, 자칭하고 있는 불쌍한 애야. 때때로 이런 소리를 하니까 못 들은 척해줬으면 좋겠어."

내 말을 들은 메구밍은 동정 섞인 눈길로 아쿠아를 쳐다보았다.

울상을 지은 아쿠아는 주먹을 말아 쥐면서 될 대로 되라는 듯이 가까운 곳에 있는 개구리를 향해 내달렸다.

"흥, 저 개구리는 타격이 안 통하지만, 그래도 이번에야말로 여신의 힘을 보여주겠어! 잘 보라구, 카즈마! 나는 아직 이렇다 할 활약을 하지 못했지만, 이번에야말로……!"

그렇게 외치면서 멋지게 개구리의 몸속으로 침입하는 데 성공한 학습 능력 제로인 아쿠아가 이윽고 움직임을 멈추더니, 그대로 개구리 한 마리의 발을 묶었다.

여신답게 자신의 몸을 바쳐 시간을 벌어주고 있는 것 같았다.

……바로 그때, 메구밍의 주위에 존재하는 공기가 떨리기 시작했다.

메구밍이 쓰려는 마법이 무시무시하다는 것은, 마법에 대해 아는 것이 없는 나도 알 수 있었다.

마법을 영창하는 메구밍의 목소리가 커지더니, 그녀의 관자놀이를 타고 땀 한 방울이 흘렀다.

"잘 보세요. 이것이 인류에게 허락된 힘 중에서 가장 위력이 뛰어난 공격 수단. ……이것이야말로 궁극의 공격 마법이에요."

메구밍의 지팡이 끝에 빛이 맺혔다.

방대한 빛이 응축된 듯한, 너무나도 눈부시면서도 조그마한 빛이었다.

메구밍이 선명하게 반짝이고 있는 붉은 눈동자를 치켜떴다.

"『익스플로전』!"

한 줄기 섬광이 평원을 갈랐다.

메구밍의 지팡이 끝에서 뿜어져 나온 그 빛은 멀리 떨어진 곳에서 우리를 향해 접근하고 있는 개구리에게 빨려들 듯 꽂히더니……!

그 직후, 그 마법의 흉악한 효과가 드러났다.

눈부실 정도로 강렬한 빛, 그리고 주위 공기를 떨리게 하는 굉음과 함께 개구리는 폭발하며 산산조각이 났다.

엄청난 폭풍에 튕겨져 날아갈 것만 같았지만, 나는 다리에 힘을 주면서 얼굴을 가렸다.

연기가 가라앉자, 개구리가 있던 장소에 생긴 20미터 정도 되는 구덩이가 방금 그 폭발이 얼마나 엄청났는지를 알려주고 있었다.

"……우와~. 이게 마법이구나……."

내가 메구밍이 펼친 마법의 위력을 보고 감동하고 있을 때.

마법의 폭발음과 충격 때문에 눈을 떴는지, 개구리 한 마리가 땅속에서 튀어나왔다.

비가 내리지 않은 데다 물줄기도 없는 이 평원에서 이 개구리들은 어떻게 한낮에 몸이 마르는 것을 방지하는 것인지 궁금했다. 하지만 땅속에 숨어 있는 것은 뜻밖이었다.

개구리는 메구밍에게 접근하려 했지만, 움직임이 매우 느렸다.

이 틈에 메구밍과 함께 개구리와의 거리를 벌린 후, 아까의 폭렬 마법으로 개구리를 해치우면 되리라.

"메구밍! 일단 거리를 벌린 후 공격을……."

그렇게 말하면서 메구밍을 향해 고개를 돌린 순간―.

나는 그대로 딱딱하게 굳어버렸다.

메구밍이 바닥에 쓰러져 있었기 때문이다.

"훗……. 내 오의인 폭렬 마법은 그 절대적인 위력에 걸맞게, 소비 마력 또한 절대적. ……간단하게 말해, 한계를 뛰어넘는 마력을 사용한 탓에 손가락 하나 까딱할 수 없어요. 아, 근처에서 개구리가 출몰할 거라고는 전혀 예상하지 못했어요. ……큰일났어요. 잡아먹힐 거예요. 죄송하지만, 구, 구해…… 히앗……?!"

나는 아쿠아와 메구밍이 자신의 몸을 던져 움직이지 못하게 만든 개구리 두 마리의 숨통을 끊었다.

어찌어찌 사흘 안에 자이언트 토드 다섯 마리 토벌 퀘스트를 완료했다.

7

"윽…… 흐흑……. 훌쩍……. 비린내 나……. 비린내 난다구…………."

점액 범벅이 된 아쿠아가 훌쩍거리면서 내 뒤를 따르고 있었다.

"개구리의 몸 안은 냄새가 고약하기는 하지만 적당히 따뜻하네요…… 알고 싶지도 않은 지식이 또 늘어났어요……."

아쿠아와 마찬가지로 점액 범벅이 된 채 알고 싶지도 않은 지식을 알려주고 있는 메구밍은 내 등에 업혀 있었다.

마법을 펼치는 자는 마력의 한계를 뛰어넘는 마법을 사용하면, 마력 대신 생명력을 소모한다고 한다.

마력이 고갈된 상태에서 강력한 마법을 사용하면 목숨이 위험해질 수도 있는 것 같았다.

"앞으로 폭렬 마법은 긴급한 상황일 때만 써야겠네. 이제부터는 다른 마법을 사용해줘, 메구밍."

내가 그렇게 말하자, 내 등에 업힌 메구밍이 내 어깨를 잡은 손에 힘을 줬다.

"…………쓸 수 없어요."

"…………뭐? 뭘 쓸 수 없다는 거야?"

메구밍의 말을 들은 나는 앵무새처럼 되물었다.

그러자 메구밍은 내 어깨를 잡은 손에 더욱 힘을 주며, 자신의 조그마한 가슴을 내 등과 밀착시켰다.

"…………저는, 폭렬 마법밖에 못 써요. 다른 마법은 일절 쓸 수 없어요."

"…………정말?"

"⋯⋯⋯⋯정말이에요."

나와 메구밍이 침묵에 잠긴 가운데, 방금까지 훌쩍거리고 있던 아쿠아가 드디어 대화에 참가했다.

"폭렬 마법 외에는 쓸 수 없다는 게 무슨 소리야? 폭렬 마법을 습득할 정도의 스킬 포인트가 있었으니, 다른 마법을 습득하지 않았을 리가 없잖아?"

⋯⋯스킬 포인트?

그러고 보니 길드 직원 누님이 스킬 습득 어쩌고 하는 이야기를 했었다.

아쿠아는 그런 생각을 하는 내 얼굴을 쳐다보면서 설명했다.

"스킬 포인트라는 것은 직업을 정했을 때에 받는, 스킬을 습득하기 위한 포인트야. 우수한 자일수록 초기 포인트가 많고, 그 포인트를 이용해서 각종 스킬을 습득할 수 있어. 예를 들자면 무지무지 우수한 나는 우선 연회용 장기 자랑 스킬을 전부 습득한 후, 다음으로 아크 프리스트의 모든 마법도 습득했어."

"⋯⋯연회용 장기 자랑 스킬이라는 건 대체 어디에 써먹는 건데?"

아쿠아는 내 질문을 무시하면서 말을 이었다.

"스킬은 직업과 개인에 따라 습득할 수 있는 종류가 한정되어 있어. 예를 들자면 물을 싫어하는 사람은 빙결이나 물

속성 스킬을 습득할 때 다른 사람보다 대량의 포인트가 필요하거나, 최악의 경우에는 습득 자체가 불가능하기도 해. ……그리고 폭발계 마법은 복합 속성이라고 해서, 불과 바람 계열 마법에 관한 깊은 지식이 필요해. 즉, 폭발계 마법을 습득한 사람이라면 다른 속성의 마법 정도는 간단히 습득할 수 있을 거야."

"폭렬 마법 같은 상위의 마법을 쓸 수 있으니 하위의 다른 마법을 쓰지 못할 리가 없다는 거구나. ……그런데 연회용 장기 자랑 스킬은 어떤 때에 쓰는 거야?"

내 등에 업힌 메구밍이 가라앉은 목소리로 말했다.

"……저는 폭렬 마법을 더없이 사랑하는 아크 위저드. 폭발 계통의 마법을 좋아하는 게 아니에요. 폭렬 마법만 좋아하는 거예요."

그 이전에, 폭발 마법과 폭렬 마법은 대체 어떻게 다른 건데?

나는 그녀의 말을 이해하지 못했지만, 아쿠아는 진지한 표정을 지으며 메구밍의 독백에 귀를 기울이고 있었다.

아니, 나는 그런 것보다 연회용 장기 자랑 스킬이라는 게 더 신경이 쓰이는데 말이야.

"물론 다른 스킬을 습득하면 편하게 모험을 할 수 있겠죠. 불, 물, 땅, 바람. 그 기본 속성의 스킬을 익히는 것만으로도 모험이 수월해질 거예요. ……하지만, 무리예요. 제가 사랑할 수 있는 건 폭렬 마법뿐이에요. 설령 지금의 제 마력으로는 하루 한 번밖에 쓸 수 없을지언정, 설령 마법을 사용한 후 쓰러질지언정, 그래도 제가 사랑할 수 있는 건 폭렬 마법뿐이에요! 왜냐면, 저는 폭렬 마법을 쓰기 위해 아크 위저드의 길을 선택한 거니까요!"

"멋져! 정말 멋져! 비효율적이라는 걸 알면서도 로망을 쫓는 그 모습에, 나는 감동했어!"

……큰일 났다. 아무래도 이 마법사도 구제 불능 타입이다.

아쿠아가 동조하고 있다는 게 그 증거다.

나는 두 번에 걸친 개구리와의 전투를 통해, 이 여신이 눈곱만큼도 쓸모가 없는 것이 아닐까 하고 의심하고 있었다.

솔직히 말해, 아쿠아 한 명만으로도 골치가 아픈데, 문제아가 더 늘어나는 건…….

좋아, 결심했어.

"그렇구나. 아마 가시밭길이겠지만 힘내. 아, 마을이 보이기 시작했네. 그럼 길드에 도착하면 오늘 보수를 나누자. 뭐, 기회가 되면 또 어딘가에서 만나겠지."

그 말을 들은 메구밍은 내 어깨를 잡은 손에 힘을 줬다.

"홋……. 내 소망은 폭렬 마법을 날리는 것. 보수 따위 필요 없다. 식사와 목욕, 그리고 기타 잡비만 내준다면 나는 무보수라도 괜찮다고 생각하고 있지. 그렇다, 아크 위저드인 나의 힘을, 지금이라면 식비와 기타 잡비 조금만으로 손에 넣을 수 있는 것이다! 이 정도면 무조건 장기 계약을 맺어야 하지 않겠느냐!"

"아냐. 그런 강력한 힘은 우리 같은 약소 파티에 어울리지 않아. 메구밍의 힘은 우리에게 있어서는 돼지 목의 진주야. 우리 같은 풋내기는 평범한 마법사로 충분해. 봐봐, 나는 최약체 직업인 모험가라고."

나는 그렇게 말하면서, 길드에 도착하자마자 메구밍을 쫓아버리기 위해 필사적으로 내 어깨를 움켜잡고 있는 그녀의 손을 떼어내려 했다.

하지만 메구밍은 그런 내 손을 한사코 부여잡은 채 떨어지려 하지 않았다.

"아뇨아뇨, 약소 파티라도, 풋내기라도 괜찮아요. 저는 상급 직업이기는 해도 아직 풋내기예요. 레벨도 6밖에 안 된다고요. 조금 더 레벨이 올라가면 분명 폭렬 마법을 써도 쓰러지지 않을 거예요. 그, 그러니까, 부탁이에요. 제 손을 떼어내려고 하지 마세요."

"아냐아냐아냐, 마법을 하루에 한 번밖에 못 쓰는 마법사는 너무 효용성이 떨어져. 큭, 이 녀석, 마법사 주제에 악력이 왜 이렇게 센 거야……! 어, 어이, 놔. 너, 다른 파티에서도 버려진 거지? 그리고 던전 같은 곳에 들어가면 좁아서 폭렬 마법을 쓸 수 없으니까 완전 아무짝에도 쓸모가 없잖아. 어, 어이, 놔. 이번 보수는 줄 테니까! 놓으라고!"

"제발 버리지 마세요! 이제 어느 파티에서도 받아주지 않는다고요! 던전 탐색 때는 짐꾼이라도 할게요! 부탁이에요! 저를 버리지 마세요!"

내 등에 한사코 매달린 메구밍이 제발 버리지 말라고 외쳐댄 탓에, 통행인들이 우리 쪽을 쳐다보면서 소곤거리고 있었다.

이미 마을 안에 들어온 데다, 겉모습 하나는 끝내주는 아쿠아도 있기 때문에 우리 파티는 엄청 눈에 띄고 있었다.

"—너무하네……. 저 남자, 저렇게 어린애를 버리려나 봐……."

"—옆에는 점액으로 범벅이 된 여자애도 있어."

"—저렇게 어린애를 가지고 논 후에 버리다니, 완전 쓰레기네. 저기 좀 봐! 두 여자애 전부 점액 범벅이잖아. 저 변태, 대체 어떤 플레이를 한 거야?"

……완벽하게 말도 안 되는 오해를 사고 있다.

통행인의 말을 듣고 히죽거리고 있는 아쿠아가 정말 밉살스러웠다.

그리고 메구밍도 그들의 말을 들은 것 같았다.

내가 어깨 너머로 메구밍을 쳐다보니, 그녀는 입가를 살짝 일그러뜨리면서…….

"그 어떤 플레이도 다 받아줄게요! 아까 했던, 개구리를 이용한 끈적끈적 플레이도 견뎌낼—."

"좋아, 알았어! 메구밍, 앞으로 잘 부탁해!"

8

"예, 자이언트 토드를 사흘 안에 다섯 마리 토벌하는 퀘스트의 완료를 확인했습니다. 수고하셨어요."

모험가 길드의 접수 카운터 직원에게 보고를 한 후, 규정 보수를 받았다.

점액 범벅이 된 아쿠아와 메구밍은 비린내가 너무 심한 데다, 내가 또 말도 안 되는 오해를 살 가능성이 있기 때문에 대중목욕탕으로 보냈다.

해치운 개구리 중 한 마리는 폭렬 마법으로 소멸시켰기 때문에 퀘스트 완료 처리가 안 되는 건 아닐까 하고 생각했다. 하지만 모험가 카드에는 쓰러뜨린 몬스터의 종류와 토벌 숫자가 기록되는 것 같았다.

내가 내 카드와 메구밍에게서 받은 카드를 보여주자, 길드 직원은 카운터에 놓인 묘한 상자를 조작했고, 그것으로 체크는 끝났다.

과학 대신 마법이 발달한 이쪽 세계의 기술력도 그렇게 무시할 수준은 아니라는 생각이 들었다.

내 카드를 보니, 거기에는 모험가 레벨 4라고 표시되어 있었다.

그 개구리는 풋내기 모험가에게 있어 레벨 올리기 딱 좋은 부류의 몬스터인 것 같았다.

나 혼자서 개구리를 네 마리 쓰러뜨린 것만으로 레벨이 단숨에 4까지 올라갔다.

레벨이 낮은 사람일수록 성장이 빠른 것 같았다.

카드에 적힌 스테이터스 수치가 다소 높아지기는 했지만, 딱히 강해졌다는 실감은 느껴지지 않았다.

"……하지만 몬스터를 쓰러뜨리는 것만으로 진짜 강해지긴 하는 걸까……."

나는 무심코 중얼거렸다.

길드 직원 누님은 일전에 설명을 해줄 때 이렇게 말했다.

이 세상에 존재하는 것들은 몸 안에 혼을 지니고 있다. 그 어떤 존재든 생물을 먹거나, 죽이거나, 혹은 뭔가의 생명 활동에 종지부를 찍음으로써 그 존재가 지닌 혼의 기억 중 일부를 흡수할 수 있다, 고 말이다.

그런 점은 정말 게임 같았다.

유심히 보니 카드에는 스킬 포인트라고 적힌 칸이 있었고, 거기에는 3이라 표시되어 있었다.

이것을 사용하면 나도 스킬을 배울 수 있는 것이다.

"그럼 자이언트 토드 두 마리 매입과 퀘스트 달성 보수를 합쳐 11만 에리스입니다. 확인 부탁드립니다."

11만이라.

그 거대한 개구리가 이송료를 제하고 한 마리당 5000엔에 매입되었다.

그리고 개구리 다섯 마리를 쓰러뜨린 보수가 10만 엔인 것이다.

아쿠아의 말에 따르면 퀘스트는 보통 네 명에서 여섯 명이 파티를 이뤄 수행한다고 한다.

그러니 일반적인 모험가는 하루에서 이틀 동안 목숨을 걸고 싸우고, 개구리 다섯 마리 거래와 보수를 합쳐 12만 5천 엔을 버는 것이다. 5인 파티였다면 한 사람이 손에 넣는 몫은 2만 5천 엔이다.

……완전 손해야~.

퀘스트를 하루 만에 수행한다면 일당은 2만 5천 엔이다.

그렇게 생각하면 일반인에게 있어서는 꽤 짭짤한 수입일지도 모른다. 하지만 목숨을 걸고 일을 한 것치고는 금액이 너무 적은 것 같은 느낌이 들었다.

만약 오늘 개구리가 한 마리 더 튀어나와 나까지 삼켰다면 그 누구에게도 도움을 받지 못한 채 우리는 그대로 전멸당하고 말았으리라.

그렇게 생각하니 등골이 오싹해졌다.

다른 퀘스트는 어떤 것이 있는지 둘러보니…….

『——숲에 나쁜 영향을 끼치는 에길 나무의 벌채. 보수는 벌채량에 비례——

——미아가 된 애완 화이트울프를 찾아주세요——

——아들에게 검술을 가르쳐줬으면 함—— ※주의, 룬나이트 혹은 소드 마스터 한정.

——마법 실험용 모르모트를 찾고 있습니다——. ※주의, 강인한 체력 혹은 강한 마법 저항력…………』

응.

이쪽 세계에서 사는 것은 쉽지 않다.

모험 시작 이틀 만에, 나는 일본에 돌아가고 싶어졌다.

"…………실례지만, 뭐 하나 물어봐도 되겠나……?"

가까이 있던 의자에 앉아 내가 가벼운 향수병에 빠져 있을 때, 등 뒤에서 누군가가 나에게 말을 걸었다.

이세계의 현실을 알고 침울해 하고 있던 나는 공허한 눈으로 뒤쪽을 돌아보았다.

"무슨 일…………이죠…………."

그리고 나는 그 목소리의 주인을 보고 경악했다.

여기사.

그것도 엄청난 미인 여기사였다.

언뜻 보기에 쿨한 인상을 지닌 그 미녀는 무표정한 얼굴로 나를 쳐다보고 있었다.

키는 나보다 약간 커 보였다.

내 키는 165센티미터.

그런 나보다 조금 크니 아마 170센티미터 정도일 것이다.

그녀는 튼튼해 보이는 금속 갑옷으로 몸을 감싼, 금발 벽안의 미녀였다.

나보다 한두 살 정도 많아 보였다.

갑옷 때문에 체형은 알 수 없었지만, 이 미녀에게는 왠지 엄청난 색기가 존재했다.

쿨한 느낌의 외모를 지녔는데도, 왠지 괴롭혀주고 싶다고나 할까…….

……아, 무심코 뚫어져라 쳐다보고 말았네.

"아, 으음, 무슨 일이죠?"

비슷한 또래로 보이는 아쿠아나 연하인 메구밍 때와는 다르게, 연상의 미인이 상대인 탓에 긴장한 나는 약간 상기된 목소리로 말했다.

기나긴 은둔형 외톨이 생활의 폐해였다.

"음……. 이 모집 용지는 그대의 파티에서 붙인 거지? 이미 멤버 모집은 끝난 건가?"

여기사는 나에게 종이 한 장을 보여줬다.

그러고 보니 메구밍을 파티 멤버로 맞이한 후, 모집 용지를 아직 떼지 않았다.

"아~, 파티 멤버는 아직 모집하고 있어요. 하지만 그다지 권하고 싶지는 않다고나 할까……."

"부탁한다! 나를, 꼭, 파티에 넣어다오!"

여기사는 완곡하게 거절하려고 하는 내 손을 꽉 움켜잡았다.

……어.

"아, 아니, 자, 잠깐만요. 우리 파티는 여러모로 문제가 많다고요. 동료 두 명은 쓸모없는 얼간이에, 나는 최약체 직업이에요. 아까도 동료 두 명이 점액 범벅이, 아야야야야 얏!"

점액 범벅이라고 말한 순간, 내 손을 잡은 여기사는 자신의 손에 더욱 힘을 줬다.

"역시, 방금 내가 봤던 점액 범벅이 된 두 사람은 그대의 동료였구나! 대체 무슨 일이 있었기에 그런 꼴이……! 나, 나도……! 나도 그런 꼴이……!"

"예?!"

이 누님, 방금 뭐라고 했지?

"아, 말이 잘못 나왔군. 아직 어린 두 소녀가 그런 심한 꼴을 당하는 것을 기사로서 좌시할 수 없다. 어떤가. 나는

크루세이더라는 나이트의 상급 직업이다. 모집 조건도 충족한다고 생각한다만."

뭐야, 이 여기사, 눈이 무서워. 차분한 분위기의 누님인 줄 알았는데.

그리고, 내 위기 감지 센서가 반응하고 있다.

이 녀석은 아쿠아나 메구밍과 통하는 무언가를 지닌 타입이라고 내 센서는 말하고 있었다.

……미인이지만 어쩔 수 없지.

"아, 좀 전에도 말했지만, 그다지 권하고 싶지는 않아요. 동료 중 한 명은 도움이 되는지 안 되는지 알 수 없는 녀석이고, 다른 한 명은 하루에 마법을 딱 한 번만 날릴 수 있어요. 그리고 나는 최약체 직업이죠. 그런 약해빠진 파티니까, 다른 곳을 추천……?!"

그 말을 들은 여기사는 손에 더욱 힘을 줬다.

"그럼 더 좋지! 이런 말 하기는 뭐하지만, 나는 힘과 내구력에는 자신이 있으나 무기 다루는 게 서툴러서…… 그러니까…… 공격을 명중시키지 못한다……."

역시 내 센서는 옳았던 것 같았다.

"그러니 상급 직업이라고 신경 써줄 필요는 없다. 마구 앞으로 나설 테니 방패 대신으로라도 써줬으면 한다."

여기사가 의자에 앉은 나를 향해 단정한 얼굴을 내밀었다.

얼굴이 너무 가까워!

앉아 있는 나를 내려다보고 있는 여기사의 찰랑거리는 금발이 내 볼에 닿자 가슴이 두근거렸다.

이런 상황에서도 장시간에 걸친 은둔형 외톨이 생활의 폐해가……!

아니, 그저 사춘기 동정에게는 자극이 너무 강해서, 가슴이 미친 듯이 뛰고 있을 뿐이다.

진정해. 색기에 휘둘리지 마!

"여, 여성을 어떻게 방패 대신으로 써요. 우리 파티는 진짜 약해빠져서 당신이 공격을 받을 거예요. 그야말로 매번 몬스터에게 뭇매를 맞을지도 모른다고요!"

"바라는 바다."

"저기 말이죠. 오늘도 동료 두 명이 개구리에게 삼켜져서 점액 범벅이 됐거든요?! 그런 일을 매일같이 겪을지도……."

"바라 마지않는 바다!"

…………응, 알겠어.

볼을 붉힌 채 내 손을 힘차게 움켜쥐고 있는 여기사.

그런 그녀를 보고, 나는 깨달았다.

……이 녀석도, 성능뿐만 아니라 머릿속까지 꽝인 타입이다.

제2장 이 오른손에 보물을! ^{팬티}

1

"저기, 물어볼 게 있는데 말이야. 스킬은 어떻게 습득하는 거야?"

개구리 토벌 다음 날.

우리는 길드 안에 있는 술집에서 늦은 점심을 먹고 있었다.

내 눈앞에서는 돈이 없어서 우리를 만날 때까지는 제대로 된 음식을 먹지 못한 듯한 메구밍이 일사불란하게 음식을 먹고 있었다. 그리고 아쿠아는 근처에 있는 점원에게 리필 주문을 하고 있었다.

저 나이 때 여자애들답지 않은 왕성한 식욕이었다.

……일단은 여자 둘에 남자 하나인 하렘 파티지만, 여자애들에게서 색기가 눈곱만큼도 느껴지지 않네…….

메구밍이 포크를 쥔 채 고개를 들면서 말했다.

"스킬 습득 말인가요? 그런 건 카드에 표시된 현재 습득 가능한 스킬이라는 부분에서……. 아, 카즈마의 직업은 모험가였죠. 초기 직업이라 불리는 모험가는 타인에게서 스킬을 배워야 해요. 우선 눈으로 본 후, 스킬 사용 방법을 배우는 거죠. 그러면 카드에 습득 가능 스킬이라는 항목이 나타나고, 포인트를 사용해서 그것을 선택하면 습득이 완료돼요."

그렇구나.

그리고 보니 접수 카운터의 누님이 초기 직업인 모험가는 모든 스킬을 습득할 수 있다고 했다.

그렇다면…….

"……즉 메구밍에게 배운다면, 나도 폭렬 마법을 쓸 수 있게 된다는 거야?"

"그래요!"

"우왓!"

메구밍은 내가 별생각 없이 한 말을 듣고 흥분된 어조로 말했다.

"그래요, 카즈마! 뭐, 습득에 필요한 포인트가 말도 안 될 정도로 많기는 하지만, 모험가는 아크 위저드 이외에 유일하게 폭렬 마법을 쓸 수 있는 직업이에요. 폭렬 마법을 배우고 싶다면 얼마든지 가르쳐드릴게요. 아니, 그 외에 배울 가치가 있는 스킬이 있나요? 아뇨, 없어요! 자, 저와 함께 폭렬도(爆裂道)를 걷자고요!"

얼굴이 너무 가까워!

"조, 좀 진정해, 로리 소녀! 그리고 난 지금 스킬 포인트가 3밖에 없는데, 이걸로 습득할 수 있어?"

"로, 로리 소녀……?!"

흥분한 메구밍과는 말이 통하지 않을 것 같았기에, 아쿠아에게 물어보았다.

"모험가가 폭렬 마법을 습득하려면, 10이나 20 정도의 스킬 포인트로는 어림도 없어. 10년 동안 레벨을 계속 올리면서 포인트를 전혀 쓰지 않고 모은다면, 어쩌면 습득할 수 있을지도 몰라."

"그때까지 어떻게 기다리냐고."

"훗……. 이 내가 로리 소녀……."

내 말을 듣고 충격을 받은 듯한 메구밍은 고개를 푹 숙인 채 다시 식사를 하기 시작했다.

아무튼, 내 직업인 모험가는 모든 스킬을 습득할 수 있는 점이 유일한 장점이니 가능하다면 다채로운 스킬을 익히고 싶다.

"어이, 아쿠아. 너는 편리한 스킬을 잔뜩 가지고 있지 않아? 뭔가 적당한 스킬을 가르쳐줘. 습득에 포인트가 그렇게 많이 들지 않으면서 꽤 도움이 될 만한 걸로 말이야."

내 말을 들은 아쿠아는 물이 든 컵을 움켜쥔 채 잠시 동안 생각에 잠겼다.

"……어쩔 수 없네~. 미리 말해두겠는데 내 스킬은 장난이 아냐. 원래라면 아무에게나 휙휙 가르쳐줄 만한 스킬이 아니라구."

아쿠아는 꽤나 거드름을 피워댔지만, 배우는 입장이니 참을 수밖에 없었다.

나는 진지한 표정으로 고개를 끄덕이면서, 아쿠아가 스킬을 사용하는 모습을 관찰했다.

"그럼 우선 이 컵을 봐. 물이 든 이 컵을 자기 머리 위에 엎어지지 않도록 조심하면서 얹는 거야. 자, 해봐."

남들의 시선이 조금 신경 쓰였지만, 나는 아쿠아와 마찬가지로 머리 위에 컵을 올려놓았다.

그러자 아쿠아는 어디서 꺼낸 건지는 모르겠지만 씨앗 하나를 테이블 위에 놓았다.

"자, 이 씨앗을 손가락으로 튕겨서 컵에 한 번에 넣는 거야. 그러면 어머나, 놀라워라! 이 컵 안의 물을 빨아들인 씨앗이 쑥쑥 자라……."

"누가 연회용 장기 자랑 가르쳐달라고 했냐, 이 잉여신아!"

"뭐어ㅡㅡㅡㅡㅡ?!"

내 말을 듣고 충격을 받은 아쿠아는 메구밍의 뒤를 이어 축 처진 얼굴로 테이블 위에 놓인 씨앗을 손가락으로 튕겨서 굴리기 시작했다.

왜 저렇게 충격을 받은 건지는 모르겠지만, 눈에 띄니까 머리 위에 놓인 컵은 좀 치워줬으면 좋겠다.

"아하핫! 너, 정말 재미있는 애구나! 저기, 네가 다크니스가 들어가고 싶어 한다는 파티의 멤버지? 유용한 스킬을 익히고 싶어? 도적 스킬은 어때?"

그 말은 옆쪽에서 느닷없이 들려왔다.

나에게 말을 건 이는 가죽 갑옷을 착용한, 가벼운 복장의 여자애였다.

볼에 조그마한 칼자국이 있어서 닳고 닳은 듯한 인상이기는 하지만 시원시원하고 밝은 분위기를 지닌 은발 미소녀였다.

그 옆에는 튼튼한 풀 플레이트 메일을 걸친 금발 롱헤어 미녀가 있었다.

차갑고, 다가가기 힘든 인상의…….

그렇다. 일전에 우리 파티에 들어오고 싶다고 했던 바로 그 여기사였다.

도적 소녀는 나보다 한두 살 어려 보였다.

"으음, 도적 스킬? 어떤 게 있나요?"

내 질문을 들은 도적풍 여자애는 잘난 척하는 듯한 목소리로 말했다.

"잘 물어보셨습니다~. 도적 스킬은 정말 쓸 만해~. 함정 해제와 적 탐지, 잠복과 절도. 가지고 있기만 해도 도움이 되는 스킬이 잔뜩 있다구. 너, 초기 직업인 모험가지? 도적 스킬은 습득에 필요한 포인트도 적어. 어때? 지금이라면 크림슨 비어 한 잔에 가르쳐줄게."

싸네!

그렇게 생각했지만, 곰곰이 생각해보니 스킬을 가르쳐주더라도 이 애는 손해 볼 것이 없었다.

내가 진심으로 도적 스킬을 배우고 싶어 한다면 다른 도적에게 부탁하면 되니까 말이다.

"좋아요. 부탁할게요! 저기요~, 이 분에게 시원한 크림슨 비어를 한 잔 가져다주세요!"

2

"우선 자기소개부터 할까. 나는 크리스. 딱 봐도 알 수 있겠지만 도적이야. 그리고 이쪽에 있는 무뚝뚝한 애가 다크니스. 어제 잠시 이야기했었다면서? 이 애의 직업은 크루세이더니까, 너한테 유용할 만한 스킬은 없을 거라고 생각해."

"예! 나는 카즈마라고 해요. 크리스 씨, 잘 부탁해요!"

모험가 길드 뒤편에 있는 광장.

나와 크리스, 그리고 다크니스, 세 사람은 인적 없는 광장에 서 있었다.

참고로 다른 두 일행은 여전히 축 처져 있었기에 그냥 두고 왔다.

"그럼 우선 《적 탐지》와 《잠복》을 해볼게. 이런 마을에 함정이 있을 리 없으니까 《함정 해제》는 다음에 가르쳐주겠어. 그럼…… 다크니스. 잠깐만 저쪽 좀 봐줄래?"

"……음? ……알았다."

다크니스는 순순히 반대쪽을 쳐다보았다.

그러자 크리스는 조금 떨어진 곳에 있는 나무통 안에 들어가서, 상반신만 밖으로 내밀었다.

그리고 무슨 생각인지는 모르겠지만 다크니스의 머리를 향해 돌을 던진 후, 그대로 통 안에 숨었다.

…………혹시, 이게 잠복 스킬이라고 주장하려는 걸까?

"…………………."

돌에 맞은 다크니스는 아무 말 없이 이 광장에 딱 하나밖에 없는 나무통을 향해 뚜벅뚜벅 걸음을 옮겼다.

"적 탐지……. 적 탐지……! 분노에 찬 다크니스의 기척이 확연하게 느껴져! 저기, 다크니스?! 알고 있겠지만, 스킬을 가르쳐주기 위해 어쩔 수 없이 너한테 돌을 던진 거거든?! 그러니 살사아아아아아아아아아아아아, 그만해애애애애애애애애애애애애애애애!"

다크니스가 나무통을 쓰러뜨린 후 인정사정없이 굴려대자, 크리스는 비명을 질렀다.

……이, 이런다고 정말 스킬을 배울 수 있는 걸까…….

"자, 자, 그럼 내가 가장 추천하는 스킬, 절도를 해볼까? 이건 대상의 소지품 중 그 어떤 거라도 하나를 빼앗을 수 있는 스킬이야. 상대가 꼭 움켜쥔 무기든, 가방 가장 안쪽에 넣어둔 지갑이든, 뭐든지 하나를 랜덤으로 훔칠 수 있어. 스킬의 성공 확률은 스테이터스의 행운 수치에 의존해. 강적과 대치했을 때 상대의 무기를 빼앗거나, 상대가 소중히 숨겨둔 보물만 훔쳐서 도망가는 등, 여러모로 쓸모가 많은 스킬이야."

나무통째 굴러다닌 탓에 눈이 빙글빙글 돌던 크리스는 부활한 후 절도에 대해 설명했다.

확실히 절도 스킬은 꽤 쓸 만해 보였다.

게다가 성공률이 행운에 의존한다면, 내 스테이터스 중 유일하게 높은 행운 수치를 활용할 수 있을 것이다.

"그럼 너한테 써본다? 간다! 『스틸』!"

크리스가 손을 내밀면서 그렇게 외치는 것과 동시에, 그녀의 손에 조그마한 무언가가 쥐어졌다.

저건······.

"앗! 내 지갑!"

내 전 재산이 들어 있는 얇디얇은 지갑이었다.

"오! 대박 쳤네! 뭐, 이런 느낌으로 쓰는 거야. 그럼 지갑을 돌려······."

크리스는 내 지갑을 돌려주려다, 갑자기 히죽 웃었다.

"……저기, 나와 승부하지 않을래? 너, 지금 바로 절도 스킬을 익혀. 그리고 내 소지품을 스틸로 훔쳐봐. 그게 내 지갑이든, 내 무기든, 불평하지 않을게. 이 가벼운 지갑의 내용물보다는, 내 지갑의 내용물이나 무기가 가치 있을 거야. 그 어떤 물건을 훔치든, 너는 자기 지갑 대신 그걸 손에 넣는 거지. ……어때? 승부해보지 않겠어?"

이 애는 느닷없이 당치도 않은 소리를 했다.

하지만 나는 그 말을 듣고 생각했다.

나는 행운 수치가 높은 편이다…….

그리고 상대에게서 뭐든 하나를 훔쳐서 가져도 된다…….

즉, 스킬이 실패해서 아무것도 손에 넣지 못하는 사태는 벌어지지 않을 것이다.

……해볼까.

왠지 이런 내기는 거친 모험가들에게 어울리는 짓 같아서 흥분되었다!

그렇다. 이것은 이쪽 세계에 와서 처음으로 맞이한 모험가다운 이벤트다!

내 모험가 카드를 확인해보니, 거기에는 습득 가능 스킬이라는 칸이 새롭게 표시되어 있었다.

그것을 손가락으로 누르자, 네 개의 스킬이 표시되었다.

《적 탐지》 1포인트, 《잠복》 1포인트, 《절도》 1포인트, 《화조풍월》5포인트.

……《화조풍월》? 이건 아쿠아가 했던, 컵에 씨앗을 넣는 연회용 장기 자랑 스킬인가?

장기 자랑 스킬 주제에 기술명이 엄청 거창하네! 어?! 이것만 스킬 포인트가 엄청 많이 필요하잖아!!

장기 자랑 스킬이 조금 관심이 가기는 했지만, 나는 일단 카드 안에 있는 스킬, 절도, 적 탐지, 잠복을 습득했다.

3포인트 있던 스킬 포인트를 소비하자 남은 스킬 포인트가 0이 되었다.

아하. 이렇게 스킬을 배우는 거구나.

"자, 배웠어. 그리고 그 승부, 받아주지! 뭘 도둑맞더라도 나를 원망하지는 말라고!"

내가 그렇게 말하면서 오른손을 내밀자, 크리스는 자신만만한 미소를 지었다.

"너, 꽤 괜찮은 녀석이구나! 나는 너처럼 뭘 좀 아는 녀석을 좋아해! 자아, 과연 뭘 훔치려나? 지갑이면 감투상. 당첨은 마법이 걸린 이 단검이야! 이 녀석은 40만 에리스 이상 하는 끝내주는 녀석이거든! 그리고 유감상은 방금 다크니스에게 던지기 위해 대량으로 주워둔 이 돌이야!"

"앗! 약았어!! 그래도 되는 거야?!"

나는 크리스가 꺼내 든 돌을 보면서 무심코 항의했다.

이래서 자신만만했던 거구나!

확실히 쓰레기 아이템을 많이 가지고 있으면 중요한 아이템을 도둑맞을 확률도 줄어드니, 스틸 대책이 될 것이다.

"이건 수업료야. 그 어떤 스킬도 만능은 아냐. 이런 식으로 그 어떤 스킬에도 대항책은 있다구. 자, 공부가 됐지?! 그럼 시작하자!"

젠장, 확실히 공부가 됐다!

게다가 진심으로 즐거워하는 듯한 크리스를 보니, 속은 내가 바보라는 생각마저 들었다.

이곳은 일본이 아니라, 약육강식의 법칙이 존재하는 이세계다.

얼간이처럼 속은 놈이 잘못인 것이다.

게다가 승산이 나빠지기는 했지만, 아직 유감상이 확정된 것은 아니다.

"좋아, 해보자고! 나는 옛날부터 운 하나는 좋았단 말이야! 『스틸』!"

고함을 지르는 것과 동시에 앞으로 내민 내 손에 무언가가 쥐어졌다.

성공 확률은 행운에 의존한다고 하지만, 한 번에 성공한 것을 보면 나는 운 하나만큼은 좋은 놈인 것 같았다.

손에 넣은 물건을 펼쳐서 뚫어져라 쳐다보니…….

"……이게 뭐지?"

그것은 새하얀 천 조각이었다.

그것을 양손으로 펼쳐서 햇빛에 비춰보자…….

"이얏호~! 당첨 정도가 아니라 아예 대박이 터졌어어어어어어어어엇!"

"꺄아아아아아아앗! 패, 팬티 돌려줘어어어어어어어어어어어어어엇!"

크리스가 자신의 치맛자락을 손으로 누르면서 울음 섞인 절규를 터뜨렸다.

3

내가 스킬을 배우고 길드의 주점으로 돌아가 보니, 그곳은 시끌벅적하기 그지없었다.

"아쿠아 님, 한 번만 더! 돈이라면 얼마든지 낼 테니 부디 한 번만 더《화조풍월》을 보여주세요!"

"멍청아! 아쿠아 씨는 돈보다 먹을 걸 더 좋아한다고! 그렇죠?! 아쿠아 씨! 한턱 쏠 테니《화조풍월》을 한 번 더 부탁드립니다!"

귀찮아하는 아쿠아의 주위에 사람들이 몰려 있었다.

"장기라는 건 말이야. 부탁한다고 넙죽넙죽 몇 번이나 보여주는 게 아냐! 재미있는 농담은 딱 한 번만 하는 거라고 어떤 위인이 말했었어. 잘 먹혔다고 같은 장기를 몇 번이나 보여주는 건 삼류 광대들이나 하는 짓이라구! 그리고 나는 광대가 아니니까, 장기로 돈을 받을 수는 없어! 이건 장기를 익힌 자가 지녀야 하는 최소한의 각오야. 그리고 화조풍월은 원래 너희에게 보여주기 위한 장기가 아니라— 앗! 카즈마, 이제야 돌아왔구나. 너 때문에 골치 아픈 일이……. 어? 옆에 있는 사람, 왜 그래?"

자신을 둘러싼 인파를 귀찮다는 듯이 밀쳐내며 나에게 다가온 아쿠아는 울상을 지은 채 풀이 죽어 있는 크리스에게 관심을 가졌다.

그러자 내가 설명을 하기도 전에 다크니스가 입을 열었다.

"음. 크리스는 카즈마에 의해 팬티가 벗겨진 걸로도 모자라 돈까지 다 빼앗겨서 기가 죽었을 뿐이다."

"어이, 너 지금 무슨 소리를 하는 거야?! 잠깐만 있어봐. 틀린 말은 아니지만, 조금만 있어보라고."

크리스가 돈이라면 얼마든지 낼 테니 팬티를 돌려달라고 울면서 애원하기에, 나는 자신의 팬티 가격은 자신이 직접 정하라고 말했을 뿐이다.

그리고 제시한 가격이 만족스럽지 않다면, 크리스의 팬티는 우리 집의 가보로서 대대손손 물려줄 거라고도 말했다.

결국 크리스가 울면서 자신의 지갑과 내 지갑을 내밀었기에 교환에 응해줬을 뿐이니, 다크니스의 말에는 좀 어폐가 있었다.

다크니스의 말을 듣고 질린 아쿠아와 메구밍의 시선에 신경 쓰고 있을 때, 이윽고 크리스가 고개를 들었다.

"공공장소에서 느닷없이 팬티가 벗겨졌다고 계속 가라앉아 있을 수야 없지! 좋아, 다크니스. 미안하지만 나는 벌이가 짭짤한 던전 탐색에 임시로 참가하고 올게! 속옷이 인질로 잡혀 가지고 있던 돈을 전부 빼앗겼거든!"

"어이, 잠깐 기다려. 왠지 아쿠아와 메구밍뿐만 아니라 다른 여성 모험가들의 시선까지 차가워진 것 같으니까 잠깐만 기다려보라고."

방금 그 말을 들은 주위 여성 모험가들이 보내는 차가운 시선 때문에 겁먹은 나를 본 크리스는 쿡쿡 웃었다.

"이 정도 역습은 하게 해줘. 그럼 돈 좀 벌고 올 테니까 적당히 놀고 있어, 다크니스! 갔다 올게!"

크리스는 그렇게 말하면서 모험가 모집 게시판 쪽으로 가버렸다.

"으음, 다크니스 씨는 같이 안 가는 거야?"

자연스럽게 우리와 한 테이블에 앉는 다크니스를 보고 의문을 느낀 나는 물었다.

"……음. 나는 전위거든. 전위는 어느 파티에서나 차고 넘치지. 하지만 도적은 던전 탐색에 꼭 필요한 데 비해 수수하기 때문에 되려는 사람이 많지 않은 직업이다. 크리스 같은 도적의 수요는 얼마든지 있지."

그렇구나. 그러고 보니 아쿠아도 아크 프리스트는 숫자가 많지 않기 때문에 데려가려는 데가 많다고 했다. 아무래도 직업 중에는 우대받는 직업도 있는 것 같았다.

잠시 후 적당한 임시 파티를 발견한 듯 크리스는 몇 명의 모험가들과 함께 길드를 나섰다.

크리스는 우리 쪽을 향해 손을 흔들면서 길드에서 나갔다.

"곧 저녁이 될 건데, 크리스는 저 사람들과 함께 던전 탐색을 시작하는 거야?"

"던전 탐색은 아침 일찍 시작하는 게 가장 바람직해요. 그러니 이렇게 전날에 던전을 향해 출발한 후, 다음 날 아침까지 던전 앞에서 캠프를 하는 거예요. 던전 앞에는 그런 모험가들을 상대로 장사를 하는 사람도 있어요. 그건 그렇고 카즈마는 무사히 스킬을 배웠나요?"

나는 메구밍의 말을 듣고 씨익 웃었다.

"후후, 잘 보라고. 간다, 『스틸』!"

내가 고함을 지르면서 메구밍을 향해 오른손을 내밀자, 내 손에는 검은색 천 조각이 쥐어졌다.

그렇다. 그것은 바로 팬티였다.

"……뭐죠? 레벨이 올라 스테이터스가 올라갔다고, 모험가에서 변태로 잡체인지를 한 건가요? ……저기, 아래쪽이 썰렁하니까 팬티 돌려주세요……."

"어, 어라?! 이, 이상하네. 이럴 리가 없는데…… 랜덤으로 뭔가를 빼앗는 스킬이라고 들었는데!"

허둥지둥 메구밍에게 팬티를 돌려준 내가 주위 여성들에게 얼음처럼 차가운 시선을 받고 있을 때, 갑자기 누군가가 테이블을 쾅 내려쳤다.

그 사람은 바로 의자를 박차면서 벌떡 일어난 다크니스였다.

그녀의 눈은 어째선지 찬란히 빛나고 있었다…….

"역시, 역시 내 눈은 틀리지 않았어! 이런 앳된 소녀의 속옷을 남들이 보는 앞에서 벗기다니, 상상을 초월하는 귀축……! 부디……! 부디 나를, 이 파티에 넣어줬으면 한다!"

"필요 없어."

"으윽……?! 큭……!"

내 즉답을 들은 다크니스는 볼을 붉히면서 몸을 부르르 떨었다.

어쩌지. 잘은 모르겠지만 이 여기사는 구제 불능 타입이 분명하다.

하지만 아쿠아와 메구밍은 다크니스에게 관심이 생겼는지…….

"저기, 카즈마. 이 사람은 누구야? 어제 말한, 나와 메구밍이 목욕 간 사이에 면접을 보러 왔다던 사람이야?"

"잠깐만요. 이 사람은 크루세이더잖아요. 왜 퇴짜를 놓은 거예요?"

다크니스를 보면서 그렇게 말했다.

아차……. 이 두 사람과는 절대 마주치게 하고 싶지 않아서, 어제 겨우겨우 퇴짜를 놓았는데 말이야…….

……그래. 그 방법으로 가자.

"……실은 말이야, 다크니스. 나와 아쿠아는 이래 봬도 진짜로 마왕을 쓰러뜨릴 생각이야."

천계로 돌아가고 싶어 하는 아쿠아는 몰라도, 개구리를 상대로 고전하면서 이쪽 세계의 혹독한 현실을 깨달은 나는 이미 마왕을 쓰러뜨릴 마음이 거의 없지만 말이다.

내 옆에 있는 메구밍은 그런 이야기는 전혀 듣지 못했다는 듯한 표정을 짓고 있지만, 신경 쓰지 않았다.

아니, 어찌 보면 마침 잘된 것일지도 모른다.

"마침 잘됐으니 메구밍도 들어줘. 나와 아쿠아는 어떻게든 마왕을 쓰러뜨리고 싶어. 우리는 그러기 위해서 모험가가 된 거야. 그러니 우리의 모험은 가혹할 수밖에 없어. 특히, 다크니스. 여기사인 네가 마왕에게 잡히면 상상을 초월할 만큼 심한 꼴을 당하고 말 거야."

"그래, 맞다! 옛날부터 마왕에게 음란한 짓을 당하는 건 여기사의 일이었으니까 말이다! 그대들과 함께할 이유는 그것만으로도 충분하다!"

"어?! ……어라?!"

"어? ……왜 그러지? 내가 뭔가 이상한 소리라도 했느냐?"

다크니스가 내 말에 힘차게 동의하자, 나는 당황하고 말았다.

……이, 일단 이쪽은 제쳐두자.

"메구밍도 들어봐. 상대는 마왕. 나와 아쿠아는 이 세상에서 가장 강한 존재에게 싸움을 걸 생각이야. 그런 파티에 굳이 남을 필요는……."

그 순간.

메구밍이 의자를 박차면서 일어났다.

그녀는 망토를 펄럭이면서…….

"내 이름은 메구밍! 홍마족 제일의 마법사이자 폭렬 마법을 펼치는 자! 감히 나를 제쳐두고 최강을 자처하는 마왕! 그런 존재는 나의 최강 마법으로 없애주겠노라!"

길드 안에 있는 이들의 시선을 한 몸에 받으면서 그런 중2병 선언을 했다.

이 녀석도 구제 불능이다. 그딴 소리 하고 의기양양한 표정 짓지 말라고.

어쩌지.

구제 불능 두 명이 오히려 의욕을…….

"……저기, 카즈마. 카즈마……."

내가 침울해 하고 있을 때, 아쿠아가 내 옷 소매를 잡아당겼다.

"나, 카즈마의 이야기를 들었더니 겁이 확 나버렸어. 좀 편하게 마왕을 쓰러뜨릴 방법 같은 건 없어?"

……네가 가장 의욕을 보이라고. 우리 중에서 마왕 토벌을 가장 절실하게 바라야 하는 건 바로 너잖아.

……바로 그때였다.

『긴급 퀘스트! 긴급 퀘스트! 마을 안에 있는 모험가 여러분은 즉시 모험가 길드에 모여주십시오! 다시 한 번 말씀드립니다. 마을 안에 있는 모험가 여러분은 즉시 모험가 길드에 모여주십시오!』

대음량 안내 방송이 마을 안에 울려 퍼졌다.

마법 같은 것으로 목소리를 증폭시킨 것일까.

"어이, 긴급 퀘스트는 뭐야? 몬스터가 마을에 쳐들어온 거야?"

약간 불안을 느끼는 나와는 달리, 다크니스와 메구밍은 약간 기쁜 듯한 표정을 지었다.

다크니스는 희희낙락하는 듯한 목소리로 말했다.

"……으음, 아마 양배추 수확일 거다. 이제 수확할 시기니까 말이다."

………….

"뭐? 양배추? 양배추라는 이름의 몬스터가 있는 거야?"

내가 아연실색하면서 그렇게 묻자, 메구밍과 다크니스는 불쌍한 사람이라도 쳐다보는 듯한 눈길로 나를 응시했다.

"양배추는 녹색의 동그란 녀석이에요. 먹는 거라고요."

"사각사각한 씹는 맛이 일품인 맛있는 채소지."

"그런 건 나도 알아! 그럼 뭐야? 이 길드 녀석들은 긴급 퀘스트라는 명목으로 모험가에게 농가 일을 시키려는 거야?"

얼마 전까지 토목 공사를 했던 내가 이런 말을 하는 것도 조금 그렇지만, 나는 농사나 지으려고 이세계에 온 게 아니다.

"아…… . 카즈마는 모르겠지만 말이야. 으음, 이쪽 세계의 양배추는………… ."

아쿠아는 미안함이 섞인 목소리로 나에게 무슨 말을 하려고 했지만, 그 말을 막듯 길드 직원이 건물 안에 있는 모험가들을 향해 큰 목소리로 설명을 시작했다.

"여러분, 갑작스럽게 소집해 죄송합니다! 이미 눈치채신 분도 있겠지만, 올해도 양배추 수확 시기가 왔습니다! 올해 양배추는 잘 익었기 때문에 개당 1만 에리스입니다! 마을 주민들은 이미 건물 안으로 피난했습니다. 그럼 여러분, 가능한 한 많은 양배추를 잡아서 여기에 넣어주세요! 부디 양배추에게 역습을 당해 부상을 당하지 않도록 조심하세요!

그리고 인원수가 인원수, 금액이 금액인 만큼, 보수는 나중에 모아서 지불하겠습니다!"

…………이 직원, 방금 뭐라고 했지?!

그때, 모험가 길드 밖에서 환성이 들렸다.

인파에 섞여 바깥을 살펴보는 내 눈에, 마을 안을 날아다니는 녹색 물체가 들어왔다.

내가 망연자실한 눈길로 그 광경을 쳐다보고 있자, 어느새 내 옆에 선 아쿠아가 엄숙한 목소리로 말했다.

"이쪽 세계의 양배추는 날아다녀. 맛이 농축되어 수확 시기가 다가오면, 쉽게는 먹혀줄 수 없다는 듯이 말이야. 마을이나 초원을 질주하는 양배추들은 대륙을 넘고, 바다를 넘은 후, 마지막에는 사람들이 모르는 비경 깊숙한 곳에서 아무에게도 먹히지 않은 채 조용히 숨을 거둔다고 해. 그럴 바에야 우리는 그들을 한 덩이라도 더 잡아서 맛있게 먹어주겠다는 거야."

"나, 마구간에 돌아가서 자도 되지?"

망연자실한 표정으로 그렇게 중얼거리는 내 옆을, 용감한 모험가들이 기세를 올리면서 스쳐 지나갔다.

그들 또한 이 순간을 필사적으로 살고 있는 양배추들에게 감화된 뜨거운 사나이들이리라.

모험가들이 열심히 양배추를 쫓아다니는 가운데, 나는 진심으로 소망했다.

……뭐가 아쉬워서 양배추를 상대로 사투를 벌여야만 하는 걸까.

……일본으로 돌아가고 싶어.

4

길드에서 제공한 양배추 볶음을 한 입 먹은 후, 나는 말했다.

"어째서 양배추를 그냥 볶아놓은 게 이렇게 맛있는 거야. 이해가 안 돼. 정말 이해가 안 된다고."

무사히 양배추 사냥을 끝낸 마을 안 이곳저곳에서는 수확한 양배추를 이용한 요리가 나오고 있었다.

괜찮은 돈벌이이기 때문에 나는 결국 양배추 사냥에 참가하기는 했지만, 그 후 살짝 후회하고 있었다.

나는 양배추와 싸우기 위해 이세계에 온 게 아니란 말이다.

"그건 그렇고, 다크니스도 꽤 하네! 역시 크루세이더야! 너의 그 철벽같은 방어는 그 잘난 양배추들도 뚫지 못했잖아."

"아니, 나는 그저 튼튼할 뿐인 여자다. 나는 공격이 서툴고 움직임도 빠르지 않다. 그래서 검을 휘둘러봤자 상대에게 맞지를 않지. 결국 내가 할 줄 아는 거라고는 누군가의 방패막이가 되어 지키는 것뿐이다. ……그런 나와는 달리, 메구밍은 정말 대단했다. 양배추를 쫓아 마을로 다가오는 몬스터 무리를 폭렬 마법 한 방으로 날려버렸지 않느냐. 다른 모험가들도 깜짝 놀란 표정을 지었지."

"후훗, 내 필살의 폭렬 마법은 그 누구도 버텨낼 수 없노라. ……그것보다 카즈마의 활약상이야말로 정말 엄청났어요. 마력을 다 써버린 저를 업고 빠져나왔잖아요."

"……음. 내가 양배추와 몬스터에게 둘러싸여 뭇매를 맞고 있을 때도, 카즈마가 바람처럼 나타나 양배추들을 수확했지. 덕분에 살았어. 정말 고맙다."

"확실히 잠복 스킬로 기척을 숨기고, 적 탐지로 재빨리 양배추의 움직임을 포착한 후, 등 뒤에서 스틸로 강습하는 그 모습은 그야말로 암살자 같았어요."

이윽고 아쿠아가 싹싹 비운 접시를 테이블 위에 내려놓았다.

이번 양배추 사냥 중에도 멋대로 양배추를 쫓아다니기만 했지 전혀 활약하지 못한 이 잉여신은 우아하게 입가를 닦은 후 말했다.

"카즈마……. 내 권한으로 너에게 【화려한 양배추 도둑】이라는 칭호를 내려줄게."

"시끄러워! 그딴 칭호로 나를 부르면 두들겨 패버릴 거야!
……아아, 젠장, 어쩌다 이딴 처지가 된 거야!"

나는 머리를 감싸 쥐면서 테이블에 엎드렸다.

긴급 사태가 발생했다.

"그럼…… 내 이름은 다크니스. 직업은 크루세이더다. 양
손 검을 사용하고 있지만, 전력으로서는 기대하지 말아다
오. 왜냐하면 공격이 서툴러서 맞추지는 못하거든. 하지만
방패막이가 되는 건 특기다. 잘 부탁한다."

그렇습니다. 동료가 한 명 늘어났습니다.

아쿠아는 만족과 여유가 섞인 미소를 지으면서 말했다.

"……후후, 우리 파티도 꽤 호화로워진 것 같지 않아? 아
크 프리스트인 나와 아크 위저드인 메구밍. 그리고 방어에
특화된 상급 전위 직업, 크루세이더인 다크니스. 파티 멤버
네 명 중 세 명이 상급 직업인 파티는 그렇게 많지 않다구,
카즈마. 너는 정말 운이 좋은 거란 말이야. 그러니까 나한
테 감사해."

마법을 하루에 한 번밖에 못 쓰는 마법사와 공격을 맞추
지 못하는 전위, 그리고 끝내주는 바보에 운도 지독하게 나
쁜 데다 아직 도움 된 적이 한 번도 없는 프리스트지만 말
이야!

양배추 사냥을 하면서 다크니스와 의기투합한 아쿠아와

메구밍은 다크니스를 우리 파티에 넣자는 소리를 했다.

나도 평범한 동료라면 딱히 반대하지 않았을 것이다.

미인이기도 하고 말이다.

하지만 다크니스는 전혀 공격을 명중시키지 못했다.

상당한 미인인데도 말이다.

그녀의 말에 따르면 자신의 스킬 포인트를 전부 방어계 스킬에 쏟아부었다고 한다. 그 탓에 일반적인 전위 직업이라면 당연히 습득하는 스킬, 《양손 검》 같은 무기 취급이 능숙해지는 공격 스킬을 전혀 익히지 않은 것 같았다.

겉보기에는 쿨한 느낌의 미녀인데 말이다. 정말 아깝다.

게다가 이 크루세이더는 어째선지 몬스터 무리의 한복판을 향해 꽤나 돌진하고 싶어 했다.

약자를 지키는 크루세이더에게 있어, 타인을 지키고 싶은 마음이 남보다 더 강한 것은 장점일지도 모르지만…….

"크으……. 아아, 방금 양배추와 몬스터 무리에게 엉망진창으로 유린당할 때는 정말 끝내줬지……. 이 파티에는 본격적인 전위 직업이 나뿐인 것 같으니 마음껏 나를 미끼나 방패막이로 사용해다오. 뭣하면 위험한 상황에서 나를 미끼 삼아 버리고 가도 된다. ……으으! 사, 상상만 해도, 온몸이 떨리는걸……!"

다크니스는 볼을 희미하게 붉히면서 몸을 희미하게 떨었다.

……이 녀석은 그거다.

평범한 진성 마조히스트다.

이런 쿨한 미녀가, 내 눈에는 평범한 변태로밖에 안 보였다.

"그럼 카즈마. 아마…… 아니, 분명 발목을 잡게 되겠지만, 그때는 인정사정없이 나를 꾸짖어다오. 앞으로 잘 부탁한다."

모든 회복 마법을 펼칠 수 있는 아크 프리스트와, 최강의 마법을 사용하는 아크 위저드.

그리고 철벽같은 방어를 자랑하는 크루세이더.

이렇게 들으면 완벽한 포진 같지만, 나는 앞으로 고생하게 될 것 같은 예감이 마구 들었다.

5

모험가 레벨이 6으로 올랐다.

양배추 사냥을 통해 레벨이 2나 오른 것이다.

나는 양배추를 잡기만 했을 뿐 쓰러뜨리지 않았는데 어째서 레벨이 오른 것일까.

그 이전에 왜 양배추가 이렇게 많은 경험치를 주는 것일까.

딴죽을 날리고 싶은 부분이 잔뜩 있었지만, 그런 생각을 하기 시작했다간 머리가 아파 올 것 같았기에 무시하고 싶었다.

이쪽 세계에서는 그런 걸 신경 쓰면 지는 것 같다는 생각이 들었다.

양배추 한 개당 1만 에리스라는 높은 보수를 지급하는 것은, 신선한 양배추를 먹으면 경험치가 오르기 때문이라고 한다.

즉, 돈이 있는 모험가는 식사만 해도 강해지는 것이다.

레벨 상승과 함께 스킬 포인트도 상승한다.

왜 레벨이 오르면 이런 롤플레잉 게임 같은 현상이 일어나는 것인지에 관해 깊게 생각했다간 밤에 잠이 오지 않을 것 같았기에 그냥 신경 쓰지 않기로 했다.

좀 전에도 말했지만 신경 쓰면 지는 것이다.

현재 내 스킬 포인트는 2포인트다.

나는 양배추 사냥 퀘스트를 하면서 알게 된 다른 파티의 마법사와 검사에게서 《한 손 검》 스킬과 《초급 마법》 스킬을 배웠다.

두 스킬의 습득에 필요한 포인트는 각각 1포인트였다.

한 손 검 스킬은 그 명칭대로 한 손 검을 능숙하게 다룰 수 있게 되는 스킬이라고 한다.

이 스킬을 익혔으니 나도 남들만큼은 검을 다룰 수 있게 된 것 같았다.

또 포인트를 다 써버렸지만 어쩔 수 없다. 검도 검이지만, 마법은 꼭 써보고 싶었기 때문이다.

마법을 쓸 수 있는 세계에 와서 마법을 쓰지 않는 인간은 아마 없을 것이다.

초급 마법 스킬은 불, 물, 흙, 바람 같은 각종 속성의 간단한 마법을 쓸 수 있게 되는 스킬이라고 한다.

참고로 초급 속성 마법 중에는 살상력이 있는 마법이 없기 때문에, 보통은 초급을 익히지 않고, 스킬 포인트를 모아서 중급 마법을 배우는 마법사가 많은 것 같았다.

중급 마법의 습득에는 10포인트가 필요하다.

그렇게 많은 포인트가 필요하다면, 마력이 높지 않은 내가 공격 마법을 익히는 것은 포기하는 편이 나을지도 모른다.

재능 유무에 따라 태어날 때부터 많은 스킬 포인트를 지니는 녀석도 있는 것 같았다.

처음부터 상급 직업을 선택할 수 있는 우수한 녀석은 초기 스킬 포인트가 10이나 20 이상 되는 경우도 적지 않다고 한다.

아쿠아는 논외로 치더라도, 메구밍과 다크니스는 처음부터 꽤나 우대받았을지도 모른다.

그에 비해 나는 레벨1 때 처음부터 지니고 있던 스킬 포인트가 0포인트다.

……우울해질 것 같으니까 더는 깊이 생각하지 말자.

스킬을 배워서 조금은 모험가다워졌다.

그렇다면 남은 것은 장비를 어떻게든 하는 것이다.

때로는 이쪽 세계에 와서 산 옷으로 갈아입기도 하지만, 현재 내가 장착한 장비는 이세계에 올 때 입고 온 운동복과 쇼트 소드 하나뿐이다.

가죽으로 된 거라도 좋으니 갑옷을 장만하고 싶었다.

그런고로…….

"……왜 내가 너와 같이 쇼핑을 해야 하는 건데?"

나는 불평을 늘어놓는 아쿠아를 데리고 무기 상점에 왔다.

"너도 좀 장비를 마련하라고. 나는 운동복 차림이지만, 너도 크게 다를 것 없잖아? 네 장비는 그 하늘거리는 날개 옷뿐이니까 말이야."

아쿠아도 나와 마찬가지로 이 세계에 올 때와 똑같은 옷차림을 하고 있었다.

아쿠아는 자신의 물빛 머리카락과 물빛 눈동자에 맞추기라도 한 것처럼 옅은 보랏빛을 띤 얇은 날개옷을 입고 있었다.

아쿠아는 잠옷으로 갈아입은 후 매일같이 여관 양동이로 날개옷을 물빨래했다. 그리고 말먹이용 짚을 말리는 장소에 짚과 함께 널어놓았다.

아쿠아는 어이없다는 듯한 표정을 지으면서 말했다.

"정말 바보네~. 너는 까먹었을지도 모르지만, 나는 여신이라구. 그런 내가 입는 이 날개옷이 평범한 옷일 리가 없잖아. 바로 신구(神具)라구. 온갖 상태 이상을 막아내고, 강력한 내구력을 지녔으며, 각종 마법이 걸려 있는 장비란 말이야. 이것보다 더 좋은 장비는 이쪽 세계에 존재하지 않을걸?"

그런 신구를 말먹이와 함께 널어놓지 말라고 말하고 싶었다.

"그거 참 좋은 이야기를 들었어. 생활이 너무 힘들어지면 그 신구를 팔면 되겠네. ……아, 가죽제이기는 하지만 이 가슴 갑옷은 꽤 괜찮아 보이는걸."

"……저, 저기, 농담이지? 이 날개옷은 내가 여신이라는 증거 같은 거라구. 파, 팔지 않을 거지? 응? 아, 안 팔 거지?"

6

"……호오, 몰라보겠구나."

"오오~. 카즈마가 드디어 어엿한 모험가처럼 보이기 시작했어요."

이제 아지트가 되어버린 모험가 길드에서 다크니스와 메구밍이 내 모습을 보면서 감상을 말했다.

지금까지는 모험가가 아니라 단순한 거동수상자처럼 보였던 것이냐고 묻고 싶었다.

나는 현재 이쪽 세계의 옷 위에 가죽제 가슴 갑옷과 금속제 갑옷 토시, 마찬가지로 금속제 정강이 갑옷을 장비하고 있다.

아쿠아에게 운동복 차림의 내가 어슬렁거리기만 해도 판타지 느낌이 박살 난다는 푸념을 들었기에, 얼마 전에 이쪽 세계의 옷을 몇 벌 샀다.

그리고 마법계 스킬을 사용하기 위해서는 한 손을 비워두는 편이 좋다고 한다.

그래서 초급이라고는 해도 모처럼 익힌 마법을 써보고 싶었기에 방패는 들지 않고 외날검 한 자루만 장비해서 마법검사 같은 스타일로 가보기로 생각했다.

크리스와 스틸 승부를 해서 얻은 돈을 꽤 쓰기는 했지만, 1, 2주 정도는 먹고살 수 있는 금액이 남아 있었다.

그래도 장비를 장만하고 스킬을 배웠더니, 퀘스트를 해보고 싶어졌다.

그런 내 뜻을 밝히자, 다크니스는 고개를 끄덕였다.

"번식기에 들어간 자이언트 토드가 마을 근처에서 출몰하고 있다고 하니, 그 녀석들을……."

""개구리 토벌은 절대 안 해!""

다크니스가 말을 끝까지 잇기도 전에, 아쿠아와 메구밍이 단호한 목소리로 반대 의사를 밝혔다.

"……왜지? 개구리는 날붙이 무기가 잘 통해서 쓰러뜨리기 쉽고, 공격법도 혀를 이용한 포식밖에 없다. 쓰러뜨린 개구리를 식용으로 팔 수 있기 때문에 수익도 좋지. 장비를 제대로 갖추지 못하면 잡아먹힐 수도 있지만, 개구리들은 금속을 싫어하니 금속 방어구를 장비한 카즈마를 노리지 않을 거다. 아쿠아와 메구밍은 내가 지켜주마."

"아……. 이 두 사람은 개구리에게 먹힐 뻔한 적이 있기 때문에 개구리 트라우마가 생긴 걸 거야. 머리부터 꿀꺽 삼켜져서 점액 범벅이 되었거든. 어쩔 수 없네. 다른 녀석을 노리자."

다크니스는 내 설명을 듣고 어째선지 볼을 붉혔다.

"……머, 머리부터 꿀꺽……. 점액 범벅이……."

"……너, 설마 흥분한 건 아니지?"

"흥분 안 했다."

내 시선을 피한 다크니스는 얼굴을 붉힌 채 몸을 배배 꼬면서 즉답했지만, 그런 그녀를 보니 왠지 엄청 불안해졌다.

이 녀석, 내가 눈을 뗀 사이에 혼자서 개구리를 사냥하러 가는 거 아냐?

"긴급 퀘스트인 양배추 사냥을 제외하면, 이 멤버로 수행하는 첫 퀘스트야. 간단하게 해치울 수 있는 퀘스트면 좋겠어."

내 의견을 들은 메구밍과 다크니스가 게시판에 적당한 퀘스트가 없는지 찾으러 갔다.

그리고 내 말을 들은 아쿠아는 나를 바보 취급하는 듯한 말투로 말했다.

"이래서 내성적인 은둔형 니트는 문제라니깐……. 카즈마는 혼자만 최약체 직업이니 신중해지는 것도 무리는 아니지만, 나를 비롯한 다른 멤버들은 전부 상급 직업이라구. 난이도 높은 퀘스트를 척척 해결해서 돈을 잔뜩 벌고, 레벨도 쭉쭉 올려서 마왕을 후딱 토벌하러 가는 거야! 그러니가장 난이도가 높은 퀘스트에 도전하자!"

…………

"……이런 말은 하고 싶지 않았지만……. 넌 아직 도움이된 적이 없지?"

"윽?!"

아쿠아는 내 말을 듣고 움찔했다.

나는 그녀의 반응을 개의치 않으면서 말을 이었다.

"내가 순순히 너한테서 강력한 능력이나 장비를 받았으면 이렇게 힘든 생활을 하지는 않았을 거야. 뭐, 나도 무상으로 신에게서 특전을 받는 입장이니 푸념 같은 건 하고 싶지 않거든? 게다가 아무리 열 받았었다고는 해도, 능력 대신 너를 선택한 건 나니까 말이야! 하지만 나는 능력이나 장비 대신 너를 받았잖아? 그러니 네가 현재 특수 능력이나 강력한 장비만큼 나에게 도움이 되고 있는지 너 본인에게 묻고 싶어. 어떻게 생각해? 처음에는 꽤나 자신만만했지만 실은 눈곱만큼도 도움이 되지 않고 있는 자칭 전직 뭐시기 씨."

"으으……. 저, 전직이, 아니라……. 이, 일단 지금도 여신 인데요……."

아쿠아가 기가 잔뜩 죽은 채 그렇게 말하자, 나는 더욱 언성을 높였다.

"여신!! 보통 여신이라면 말이야! 용사를 인도하거나, 마왕 같은 것과 싸우거나, 용사가 어엿하게 성장할 때까지 마왕을 봉인해서 시간을 벌어주거나 한다고! 이번 양배추 사냥 퀘스트에서 너는 뭘 했지?! 최종적으로는 잔뜩 잡기는 한 것 같지만, 기본적으로 양배추에게 농락당하다 넘어져 엉엉 울기만 했잖아? 채소 따위한테 괴롭힘당해 울음을 터뜨리는 너 같은 애가 진짜로 여신인거야? 그런 녀석이 여신을 자칭해도 되는 거냐고! 이 개구리에게 먹힐 줄밖에 모르는, 장기라고는 연회용 장기 자랑밖에 없는 식충아!"

"우, 우와아아아앙~!"

테이블에 엎드려 울음을 터뜨리는 아쿠아를 본 나는 바보 취급에 대한 앙갚음을 제대로 해줬다고 생각하면서 만족했다.

하지만 아쿠아는 이대로 이 이야기를 끝낼 생각이 없는 것 같았다.

얼굴을 든 그녀는 주제넘게도 이딴 소리를 했다.

"나, 나도, 회복 마법이라든가, 회복 마법이라든가, 회복 마법으로 일단은 도움이 되고 있어! 잘 들어, 은둔형 니트! 이대로 쉬운 퀘스트만 해대다간 마왕 토벌에 얼마나 시간이 걸릴지 알기는 하는 거야?! 뭔가 좋은 생각이 있으면 말해보란 말이야!"

아쿠아는 눈물 맺힌 눈으로 나를 노려보면서 외쳤다.

그런 아쿠아를 본 나는 훗 하고 코웃음을 쳤다.

"학교도 안 가면서 프로 게이머로서 착착 수행해온 내가 이런 상황에서 아무런 생각도 하고 있지 않을 거라고 생각한 거야?"

"프로 게이머였어?"

"……농담 좀 해봤을 뿐이야. 잘 들어, 아쿠아. 나는 이야기에 나오는 주인공처럼 엄청난 힘을 지니고 있지는 않아.

하지만 나에게는 일본에서 쌓은 지식이 있어. 그러니 간단하게 만들 수 있지만, 이쪽 세계에 없는 일본 물건 같은 것을 만들어 파는 건 어떨까 하고 생각하고 있어. 나는 행운 수치가 높잖아. 길드 직원 누님도 나보고 상인이 되는 게 어떻겠냐고 말했던 거 기억하지? 그러니까 무리해가면서 모험가 생활만으로 먹고살려고 하지 말고, 다른 수단을 강구해볼까 생각 중이야. 돈만 있으면 경험치도 편하게 벌 수 있잖아? 양배추처럼 먹기만 해도 강해지는 식재료도 있으니까 말이야."

뭐, 다른 일본인도 나와 같은 지식을 가지고 있겠지만 그들은 나와 달리 신에게 받은 특수 능력이 있다.

그런 녀석들은 장사처럼 번거로운 일을 하려고 하기보다는, 기본에 충실하게 퀘스트를 수행하면서 생활하고 있으리라.

내가 하고 싶은 말이 뭐냐면, 나는 모험가 생활이 비효율적이라고 생각하고 있다.

아직 개구리 사냥과 양배추 사냥밖에 해보지 않았지만, 다른 퀘스트를 살펴봐도 내용에 비해 보수가 너무 적었다.

이쪽 세계에서는 목숨의 가격이 너무 싸다는 생각이 들었다.

일단 아쿠아 앞에서는 마왕을 토벌하는 게 목적인 것처럼 말하고 있지만, 솔직하게 말하자면 나는 마왕 토벌 같은 것은 안중에 없었다.

그렇기에 나는 이쪽 세계에서 가장 편하게 생계를 꾸려갈 방법을 모색 중인 것이다.

"그러니까 너도 머리 좀 굴려! 뭔가, 간단하면서도 큰돈을 벌 수 있는 장사라도 생각해보라고! 그리고, 네 유일한 장기인 회복 마법을 빨리 나에게 가르쳐줘! 스킬 포인트가 모이면 나도 회복 마법을 익히고 싶단 말이야!"

"싫어~! 회복 마법만은 안 돼! 안 된다구! 내 존재 의의를 빼앗지 마! 내가 있으니까 안 배워도 되잖아! 안 가르쳐줄 거야! 절대 안 가르쳐줄 거라구우우우웃!"

그렇게 외치면서 테이블에 엎드린 아쿠아는 유일한 존재 의의를 빼앗기지 않겠다는 듯이 엉엉 울어댔다.

우리가 그러고 있을 때, 메구밍과 다크니스가 돌아왔다.

"……뭐 하고 있는 거죠? ……카즈마의 독설 공격력은 악독한 수준이니까, 인정사정없이 본심을 털어놓으면 웬만한 여성들은 울음을 터뜨릴 거예요."

"음. 스트레스가 쌓였다면…… 아쿠아 대신 나에게 독설을 퍼부어도 괜찮다. ……크루세이더에게 있어, 타인을 위해 자신을 희생하는 것은 바라 마지않는 일이니까 말이다."

두 사람의 시선은 테이블에 엎드려 울고 있는 아쿠아를 향했다.

사람들에게 주목받는 것은 아는지, 울면서도 얼굴을 묻

고 있는 두 팔 사이로 때때로 이쪽을 쳐다보는 모습이 짜증을 불러일으켰다.

"이 녀석은 신경 쓰지 않아도 돼. 하지만……."

나는 다크니스를 힐끔 쳐다보았다.

"……다크니스 씨, 꽤 볼륨감 있는 편이었군요."

다크니스는 현재 검은색 타이트스커트와 검은색 탱크탑, 그리고 가죽 부츠 차림이었다.

그 옷차림으로 등에 대검을 매고 있으니, 기사라기보다 검사 같아 보였다.

일전의 양배추 사냥 때, 몬스터에게 뭇매를 맞으면서 입고 있던 갑옷이 대미지를 입은 탓에 지금은 수리를 맡겼다고 한다.

나는 갑옷을 벗은 다크니스에게 무심코 존댓말을 쓰고 말았다.

다크니스는 전체적으로 볼륨감이 있으면서도 들어갈 곳은 들어간 몸매를 지녔다.

간단하게 말해 몸매가 에로틱했다.

게다가 옆에 서 있는 메구밍과 비교가 되면서 그녀의 체격과 몸매가 더욱 돋보였다.

미인에 몸매도 좋으니, 다소의 성격적 문제는 그냥 눈감아 줘도 괜찮지 않을까 하는 생각도…………

"……음. 방금 나를 보면서 『이 암퇘지, 몸매가 엄청 에로

틱하잖아!』하고 말했느냐?"

"그런 말 안 했어."

아쿠아와 메구밍 쪽을 힐끔 쳐다본 후…….

……역시 아무리 얼굴이 좋아도 성격이 가장 중요하다는 사실을 재인식했다.

바로 그때, 메구밍이…….

"어이, 방금 나를 힐끔 쳐다본 이유를 말해보실까?"

"이유 같은 건 없어. 그저 나에게 로리콤 속성이 없어서 다행이라고 생각했을 뿐이야."

"홍마족은 걸어온 싸움은 반드시 받아주는 종족이에요. 자, 밖으로 나갈까요?"

메구밍이 내 운동복 소매를 잡아당기면서 밖으로 끌고 가려 했지만…….

"본론으로 돌아와서 퀘스트 말인데, 아쿠아의 레벨을 올릴 수 있는 녀석으로 하지 않겠느냐?"

다크니스가 그런 말을 했다.

"그게 무슨 소리야? 그런 적당한 퀘스트가 있기는 한 거야?"

그리고 아쿠아는 필요한 스킬을 초기 포인트로 대부분 습득한 것 같으니 레벨에 집착할 필요는 없을 것 같은 느낌이 들었다.

"프리스트는 일반적으로 레벨을 올리는 게 어렵다. 왜냐면 프리스트에게는 공격 마법이 없거든. 전사처럼 앞으로 나서서 적을 쓰러뜨릴 수도 없고, 마법사처럼 강력한 마법으로 적을 섬멸할 수도 없다. 그래서 프리스트들이 많이 사냥하는 것이 바로 언데드족이다. 언데드는 불사(不死)라고 하는, 신의 섭리에서 벗어난 몬스터. 그들에게는 신의 힘이 전부 거꾸로 작용하지. 회복 마법을 맞으면 몸이 부서져."

아, 그런 이야기는 들은 적이 있다.

대부분의 게임에서도 상식에 가까운 이야기다.

회복 마법은 언데드에게 있어 공격 마법 대용이 되는 것이다.

하지만 이 잉여신을 단련시켜본들…….

……바로 그때, 어떤 생각이 내 머릿속을 스쳤다.

내 레벨이 올라가자, 각종 스테이터스도 상승했다.

그렇다면, 아쿠아는 어떨까?

테이블에 엎드려 우는 척하면서 자기를 신경 써달라는 듯이 이쪽을 쳐다보고 있는 이 바보의 레벨이 올라가서 지력이 상승한다면 우리의 전력은 확실하게 상승할 것이다.

"음, 나쁘지 않은 생각이네. 문제는 다크니스의 갑옷이 아직 수리 중이라는 건데……."

내가 그렇게 말하자, 다크니스는 팔짱을 끼면서 당당하게 말했다.

"음, 나라면 걱정할 필요 없다. 방어 스킬에 특화되어 있으니까 말이다. 갑옷 없이도 아다만마이마이보다 튼튼할 자신이 있다. 게다가 갑옷을 걸치지 않은 채 두들겨 맞는 편이 더 기분 좋지."

"……너, 지금 두들겨 맞으면 기분 좋다고 말했지?"

"……안 했다."

"말했잖아."

"안 했다. ……남은 문제는 아쿠아에게 레벨을 올릴 생각이 있느냐, 인데……."

다크니스는 여전히 테이블에 엎드려 있는 아쿠아를 쳐다보았다.

"어이, 그만 질질 짜고 대화에 참가해. 지금 네 레벨을……."

나는 아쿠아의 어깨를 두드리기 위해 손을 뻗다…………. ……가, 눈치챘다.

"……쿠울…………."

아쿠아는 울다 지쳤는지 자고 있었다.

어이, 여신. 네가 애냐.

7

마을에서 떨어진 곳에 있는 언덕 위.

그곳에는 돈 없는 사람과 친인척 없는 이가 매장되는 공동묘지가 있었다.

이쪽 세계의 매장 방식은 토장(土葬).

말 그대로, 땅에 묻을 뿐이다.

우리가 이번에 받은 퀘스트는 공동묘지에 나타나는 언데드 몬스터를 토벌하는 것이다.

시각은 저녁때가 되어가려 하고 있었다.

우리는 현재 묘지 근처에서 밤이 되기를 기다리며 캠핑을 하고 있었다.

"앗, 카즈마! 그 고기는 내가 점찍어 뒀던 거야! 자, 이 채소가 다 익었으니까 이걸 먹으라구!"

"나, 양배추 사냥 이후로 채소가 싫어졌거든. 굽고 있는 와중에 날아오르거나 튀어 오르지는 않을지 걱정이 되어서 말이야."

우리는 묘지에서 조금 떨어진 곳에 철판을 설치한 후, 바비큐를 해 먹으면서 밤이 되기를 기다렸다.

몬스터 토벌 퀘스트를 하러 나온 것치고는 꽤 여유로운데에는 이유가 있었다. 이번에 맡은 퀘스트의 내용은 좀비 메이커라 불리는 졸개 몬스터의 토벌이기 때문이다.

좀비를 조종하는 일종의 악령이며, 자신은 질 좋은 시체에 옮겨 다닌다. 그리고 좀비 몇 마리를 부하 삼아 조종한다.

초보 모험가 파티도 쓰러뜨릴 수 있는 몬스터라고 하기에 이 퀘스트를 맡았다.

이 정도 적이라면 갑옷을 입지 않은 다크니스라도 그렇게 위험하지는 않으리라.

배를 채운 나는 머그컵에 커피 가루를 넣은 후, 『크리에이트 워터』라는 마법으로 물을 따랐다. 그리고 머그컵 아랫부분을 『틴더』라는 불 마법으로 가열했다.

양배추 사냥 때 친해진 마법사에게 배운 초급 마법이다.

틴더는 그 이름대로 불 피울 때 쓰는 마법이며, 살상 능력은 솔직히 말해 없다.

하지만 라이터 대용으로 애용되고 있었다.

그런 나를 본 메구밍이 복잡한 표정을 지으면서 자신의 컵을 내밀었다.

"……죄송하지만 저도 물 좀 주세요. 그리고 카즈마는 저보다 마법을 잘 쓰네요. 초급 마법 같은 건 익히는 사람이 거의 없지만, 카즈마가 쓰는 걸 보니 꽤나 편리해 보여요."

나는 메구밍의 컵에 크리에이트 워터를 사용했다.

"초급 마법이라는 건 원래 이런 식으로 쓰는 거 아냐? 아, 맞다. 『크리에이트 어스』! ……어이, 이건 어디 쓰는 마법이야?"

나는 손바닥에 생겨난 분말 형태의 흙을 메구밍에게 보여 줬다.

초급 마법 중에는 여러 가지 속성의 마법이 있지만, 그중에서도 이 흙 속성 마법만은 어디에 쓰는 것인지 감이 오지 않았다.

"……으음, 그 마법으로 만든 흙을 밭에 사용하면 질 좋은 작물을 손에 넣을 수 있대요. ……그뿐이에요."

내 옆에서 그 설명을 들은 아쿠아가 웃음을 터뜨렸다.

"어머나, 카즈마 씨는 밭을 만들 건가요?! 농부로 전향할 건가 보네요! 흙도 만들 수 있고 크리에이트 워터로 물을 줄 수도 있겠죠! 카즈마 씨에게 농부는 완전 천직일 거 같아요~! 푸푸푸푸풉!"

나는 흙이 놓인 오른손을 아쿠아를 향해 든 후, 왼손을 뻗었다.

"『윈드 브레스』!"

"우아아아앗! 꺄아~! 누, 눈이이이이잇!"

돌풍에 휘날린 흙이 아쿠아의 안면에 직격하자, 눈에 흙이 들어간 여신이 지면을 데굴데굴 굴러다녔다.

"……오호라, 이런 식으로 쓰는 마법이구나."

"아니에요! 아니라고요! 원래 그런 식으로 쓰는 마법이 아니에요! 그것보다 왜 초급 마법을 마법사보다 더 능숙하게 쓰는 거죠?!"

8

"……쌀쌀해졌네. 저기, 카즈마. 이번에 우리가 맡은 퀘스트는 좀비메이커를 토벌하는 거지? 나는 그런 약해빠진 녀석이 아니라 거물 언데드가 나올 것 같은 예감이 들어."

달이 뜨고, 현재 시각이 심야에 이르려 할 즈음.

아쿠아가 갑자기 그런 말을 했다.

"……어이, 그딴 소리 하지 마. 그게 플래그가 되면 어쩌려고 그래? 오늘 우리의 목적은 좀비메이커 한 마리를 토벌하는 것. 그리고 부하 좀비도 땅으로 돌려보내줄 거야. 그후, 후딱 마구간으로 돌아가서 잠이나 자자. 계획에서 벗어나는 이레귤러적인 사태가 발생하면 그 즉시 돌아갈 거야. 알았지?"

내 말을 들은 파티 멤버들이 고개를 끄덕였다.

꽤 적당한 시각이 되었다.

크리스에게 배운 적 탐지 스킬을 지닌 내가 선두에 서면서, 우리는 묘지로 걸어갔다.

아쿠아가 한 말이 신경 쓰였지만 이 녀석은 평소에 당치도 않은 소리만 해대니, 그렇게 신경 쓰지 않아도 되리라.

……될 것이다.

…………응?

"뭔가가 느껴져. 적 탐지에 걸린 것 같네. 뭔가가 있어. 한 마리, 두 마리…… 세 마리, 네 마리……?"

……어라? 많은데?

좀비메이커가 거느린 좀비는 많아봤자 두, 세 마리라고 들었다.

그래도 이 정도라면 오차 범위…….

그런 생각을 하고 있을 때, 묘지 중앙에서 푸른빛이 뿜어져 나왔다.

……뭐야?

그것은 불가사의하면서도 몽환적인 느낌의 푸른빛이었다.

멀리서 보이는 그 푸른빛은 원형의 거대한 마법진이었다.

그 마법진의 옆에는 검은색 로브를 걸친 누군가가 있었다.

"……어라? 좀비메이커……가 아닌 것 같은…… 느낌이…… 드는데요……."

메구밍이 자신 없는 목소리로 중얼거렸다.

검은 로브를 걸친 누군가의 주위에는 꿈틀거리는 그림자가 몇 개 있었다.

"돌진할까? 좀비메이커는 아니지만, 이런 시간에 묘지에 있는 것을 보면 언데드가 틀림없겠지. 그렇다면 우리에게는 아크 프리스트인 아쿠아가 있으니 문제없을 거다."

다크니스는 대검을 안아 든 채 금방이라도 뛰어들고 싶다는 듯한 표정을 짓고 있었다.

너는 진정 좀 해.

바로 그때, 아쿠아가 말도 안 되는 행동을 했다.

"아————앗!!"

갑자기 고함을 지른 아쿠아는 벌떡 일어나더니 그대로 로브를 걸친 상대를 향해 내달렸다.

"잠깐! 어이, 기다려!"

내 말을 무시하며 내달린 아쿠아는 로브를 걸친 이에게 다가가더니, 손가락으로 상대를 가리켰다.

"리치가 어슬렁어슬렁 이런 곳을 돌아다니다니, 괘씸하기 그지없네! 저세상으로 보내주겠어!"

리치.

그것은 메이저 언데드 몬스터인 뱀파이어와 어깨를 나란히 하는, 언데드의 최고봉이다.

마법을 깊이 연구한 대마법사가 마도의 오의로 인간의 육체를 버린 후에 되는, 노 라이프 킹이라 불리는 언데드의 왕이다.

강한 미련과 원한에 의해 자연스럽게 언데드가 되고 만 몬스터와는 달리, 자신의 의지로 자연의 섭리를 비틀어, 신의 적대자가 된 존재.

그런, 최종 보스 같은 초 거물 몬스터…….

"그, 그그, 그만해애애애애앳! 누구야?! 느닷없이 나타나서, 왜 내 마법진을 부수려고 하는 건데?! 그만해! 그만하라구!"

"시끄러워! 입 다물라구, 언데드! 어차피 이 수상쩍은 마법진으로 당치도 않은 일을 꾸미고 있는 거지?! 흥! 이딴 것쯤! 박살을 내주겠어!!"

초 거물 몬스터는 마법진을 짓밟고 있는 아쿠아의 허리를 엉엉 울면서 부여잡더니, 그녀를 필사적으로 말리고 있었다.

리치? 의 부하 언데드들은 다투는 두 사람을 말리기는커녕 멍하니 쳐다보고 있었다.

……으음, 어떻게 하지.

일단 좀비메이커는 아닌 것 같은데 말이야.

아쿠아는 상대가 리치라고 주장하고 있지만, 왠지 그 리치는 양아치에게 괴롭힘당하는 꼬맹이 같아 보였다.

"그만해요~! 그만하라고요~!! 이 마법진은 아직 성불하지 못하고 떠도는 혼들을 승천시키기 위한 거예요! 봐요! 수많은 영혼들이 마법진을 통해 하늘로 올라가고 있잖아요!"

리치의 말대로, 어디서 모여든 건지는 몰라도 푸르스름한 도깨비불 같은 것들이 마법진 안으로 들어가자, 그대로 마법진의 푸른빛과 함께 하늘로 올라가고 있었다.

"리치 주제에 건방져! 그런 선행은 아크 프리스트인 내가 할 테니까 너는 처박혀 있으라구! 잘 봐! 이렇게 어중간하게가 아니라, 이 공동묘지 전체를 정화해주겠어!"

"뭐어?! 잠깐, 그만?!"

아쿠아의 선언을 들은 리치는 당황했다.

하지만 리치의 말을 들은 척도 하지 않은 아쿠아는 손을 펼치면서 큰 목소리로 말했다.

"『턴 언데드』!"

묘지 전체가 아쿠아를 중심으로 새하얀 빛에 휩싸였다.

아쿠아에게서 샘솟듯 뿜어져 나온 그 빛은 리치의 부하 좀비들에게 닿자마자, 그들을 이 세상에서 지워버리듯 존재 자체를 소실시켰다.

리치가 만든 마법진 위에 모여든 영혼들도 아쿠아에게서 뿜어 나온 빛에 닿자 사라졌다.

그 빛은 당연히 리치에게도 영향을 끼쳤다…….

"꺄아~! 모, 몸이 사라지고 있어! 그, 그만해! 내 몸이 사라지고 있어!! 성불하겠다구!"

"아하하하하하하. 어리석은 리치여! 자연의 섭리를 거스른 존재, 신의 뜻으로부터 등 돌린 언데드여! 자아, 내 힘으로 흔적조차 남지 않을 만큼 완벽하게 소멸시켜주겠어!"

"어이, 그만해."

아쿠아의 등 뒤에 선 내가 검 손잡이로 그녀의 뒤통수를 때렸다.

"윽?! 아, 아프잖아! 너, 갑자기 뭐 하는 거야?!"

뒤통수를 강타당해 집중력이 흐트러졌는지, 빛의 방출을 중단한 아쿠아는 뒤통수를 움켜쥔 채 울먹거리면서 나에게 화를 냈다.

다크니스와 메구밍도 왔을 즈음, 나는 내 목을 조르려 하는 아쿠아를 무시하면서 부들부들 떨면서 주저앉아 있는 리치에게 말을 걸었다.

"어, 어이, 괜찮아? 으음, 너는 리치…… 맞지?"

지금 보니 리치의 발은 곧 사라질 것처럼 반투명했다.

이윽고 반투명해진 발이 확연하게 보이게 된 후, 눈가에 눈물이 맺힌 리치가 비틀거리면서 몸을 일으켰다.

"괘, 괘, 괘, 괜찮아요……. 위, 위험할 때 구해주셔서, 감사해요……! 으음, 당신 말대로, 저는 리치예요. 이름은 위즈라고 해요."

깊이 눌러쓴 후드를 걷어 올리자, 스무 살 정도의 인간으로 보이는 갈색 머리카락의 미녀가 달빛을 받으면서 모습을 드러냈다.

리치는 해골 같은 외모를 하고 있을 거라고 상상했었다.

하지만 위즈는 검은 로브를 걸친 나쁜 마법사 같은 모습을 지녔다.

아, 리치니까 나쁜 마법사인 건 맞나?

"으음……. 위즈? 너, 이런 묘지에서 뭐 하고 있는 거야? 혼을 승천시킨다는 말은 들었어. 아쿠아를 편드는 건 아니지만, 그건 리치인 네가 할 일은 아닐 것 같은데?"

"카즈마! 저런 썩은 귤 같은 거랑 말을 섞다간 너도 언데드가 옳을 거야! 저 녀석에게 턴 언데드를 걸 거니까 말리지 마!"

내가 위즈와 대화를 나누는 걸 보고 열 받은 듯한 아쿠아가 위즈에게 마법을 걸려고 했다.

그러자 위즈는 내 등 뒤에 숨더니 겁먹은 듯한, 그리고 난처한 듯한 표정을 지으면서 말했다.

"저, 저기…… 저는 보시는 대로 리치, 노 라이프 킹이에요. 언데드의 왕이라고 불리는 저는 방황하는 혼들의 이야기를 들을 수 있죠. 이 공동묘지에 있는 대부분의 혼들은 돈이 없어서 제대로 장례식조차 치르지 못한 탓에 하늘로 오르지 못하고 매일 밤 묘지를 배회하고 있어요. 그래서 언데드의 왕인 제가 정기적으로 이곳에 들러 승천하고 싶어 하는 아이들을 보내주고 있는 거예요."

……눈시울이 뜨거워졌다.

좋은 사람이다.

가게 점원 등을 제외하고, 아마 내가 이세계에서 처음 만난 제대로 된 사람이다.

아니, 정확하게 말하자면 사람은 아니지만 말이다.

"그건 훌륭한 일이자 선행이라고 생각하지만…… 아쿠아를 편드는 건 아니지만, 그런 건 이 마을의 프리스트에게 맡겨두면 되지 않아?"

내 말을 들은 위즈는 언짢아하고 있는 아쿠아를 힐끔힐끔 쳐다보면서 거북한 어조로 말했다.

"그, 그게……. 이 마을의 프리스트들은 물질 만능 주의…… 아니, 그러니까, 돈이 없는 사람들은 뒷전……이라고나 할까요. 저기……, 그러니까……."

아크 프리스트인 아쿠아가 있기 때문에 말하기 힘든 것 같았다.

"즉, 이 마을의 프리스트는 돈벌이가 우선인 녀석들이 대부분이라서, 이렇게 돈 없는 녀석들을 공양하기는커녕, 아예 이 공동묘지에 와보지도 않는다는 거야?"

"아……, 으음, 마, 맞아요……."

이 자리에 있는 이들이 보내는 무언의 시선이 아쿠아에게 집중되자, 당사자는 겸연쩍은 표정을 지으면서 고개를 돌렸다.

"그럼 어쩔 수 없겠네. 하지만 좀비를 불러내는 건 좀 어떻게 안 될까? 우리가 여기에 온 건 좀비메이커를 토벌해달라는 퀘스트를 받았기 때문이야."

위즈는 내 말을 듣고 난처한 표정을 지었다.

"아…… 그랬군요……. 실은, 좀비를 불러내는 게 아니라, 제가 여기에 오면 아직 형태가 남아 있는 시체가 제 마력에 반응해 멋대로 눈뜨고 말아요. ……저기, 저는 이 묘지에 묻힌 사람들이 헤매지 않고 하늘에 올라가기만 한다면 여기에 올 이유가 없는데……. …………으음, 어떻게 할까요?"

묘지에서 나와 마을로 돌아가는 길.

"납득 못 해!"

아쿠아는 여전히 화를 내고 있었다.

시각은 어느새 하늘이 서서히 밝아오는 시간대에 이르렀다.

"어쩔 수 없잖아. 그리고 그렇게 좋은 사람을 어떻게 토벌하냐고."

우리는 그 리치를 놔주기로 했다.

그리고 앞으로는 항상 한가한 아쿠아가 정기적으로 이 묘지에 와서 혼들을 정화하기로 했다.

아쿠아도 여신은 여신인지 언데드나 방황하는 혼의 정화가 자신의 일이라는 것은 이해하고 있었다.

수면 시간이 준다며 칭얼대기는 했지만 말이다.

몬스터를 놔주는 것에 약간의 거부감을 느끼던 메구밍과 다크니스도 위즈가 지금까지 인간을 공격한 적이 없다는 사실을 알고 그녀를 놔주는 데 동의했다.

나는 위즈에게 받은 한 장의 종잇조각을 보면서 중얼거렸다.

"하지만 리치가 마을에서 평범하게 생활하고 있다니, 이 마을의 경비는 대체 어떻게 되어먹은 거야?"

그것은 위즈가 사는 곳의 주소가 적힌 종이였다.

그 리치는 우리가 사는 마을에서 평범하게 생활하고 있는 것 같았다.

게다가 조그마한 매직 아이템 가게를 운영하고 있다고 한다.

내가 리치는 던전 깊숙한 곳에 있을 줄 알았다고 말하자, 위즈는 생활하기 불편한 던전에서 일부러 살 필요성을 느끼지 못했다고 대답했다.

아니, 리치도 원래는 인간이니 이해가 되지 않는 것은 아니었다.

이해는 되지만, 이쪽 세계에 온 후로 내가 지니고 있던 이 세계에 대한 세계관이 차례차례 파괴되고 있었다.

이런 건 내가 기대한 이세계가 아니다.

"하지만 대화로 해결해서 다행이에요. 아무리 아쿠아가 있다고 해도 상대가 리치라면 저와 카즈마는 분명 죽고 말았을 거예요."

메구밍이 가볍게 한 말을 듣고 나는 등골이 오싹해졌다.

"윽, 리치는 그렇게 위험한 몬스터인 거야? 혹시 우리 방금 엄청 위험했던 거야?"

"위험한 정도가 아니에요. 리치는 강력한 마법 방어를 지닌 데다, 마법이 걸리지 않은 무기로 날린 공격을 무효화할 수 있어요. 게다가 자신과 접촉한 상대에게 각종 상태 이상을 걸 뿐만 아니라, 그 상대의 마력과 생명력을 흡수하는 전설 급의 언데드 몬스터죠. 솔직히 말해 그런 거물에게 아쿠아의 턴 언데드가 통한 게 이해가 안 돼요."

나는 그 말을 듣고 오줌을 지릴 뻔했다.

하긴, 세겠지. 언데드 몬스터들의 두목 같은 거니까 말이야.

리치의 스킬을 가르쳐준다는 말을 듣고 희희낙락하면서 명함을 받았지만……. 스킬을 배우러 갈 때는 꼭 아쿠아를 데리고 가자.

"카즈마, 명함 내놔 봐. 내가 먼저 그 여자 집에 가서 집 주위에 신성한 결계를 쳐버릴래. 그 여자가 울상을 짓게 만들어주겠어."

"과, 관둬……."

역시 아쿠아를 데려가지 않는 편이 좋을지도 몰라…….

내가 그런 생각을 하고 있을 때, 다크니스가 입을 열었다.

"그런데 좀비메이커 토벌 퀘스트는 어떻게 되는 거지?"

""""아.""""

퀘스트 실패.

제3장 이 호수에 자칭 여신의 엑기스를!

1

"그거 알아? 마왕군 간부 중 한 명이 이 마을 근처의 언덕 위에 있는 낡은 성을 차지했다더라고."

길드 안에 있는 술집 구석.

나는 대낮부터 여기서 술을 마시며 잡담을 나누는 남자의 이야기를 듣고 있었다.

참고로 그와 마주 앉은 나는 술이 아니라 네로이드 샤와샤와를 마시고 있었다.

네로이드란 무엇인가.

샤와샤와란 무엇인가.

술을 마시지 않는 사람들이 주로 이것을 마시기에, 나도 흥미가 생겨 마셔봤는데…….

맛있는지 누가 물어본다면 이렇게 대답할 것이다.

……으음, 모르겠어.

하지만 샤와샤와의 의미는 알겠다.

마신 후 목에서 샤와샤와~한 느낌이 들었다.

하지만 탄산은 아니었다. 나도 샤와샤와라는 말이 무슨 뜻인지 정확하게는 모르지만, 이것은 샤와샤와라고 표현할 수밖에 없었다.

네로이드를 다 마신 나는 잔을 내려놓으면서 말했다.

"마왕군 간부라. 무서운 이야기지만 우리하고는 상관없는 일이야."

"뭐, 맞아."

눈앞에 있는 남자가 내 무책임 발언에 웃으면서 동의했다.

모험가 길드에서 잡담을 나누고 있는 이는 의외로 많으며, 유익한 이야기도 꽤 들을 수 있었다.

어디어디에서 위험한 몬스터를 봤으니 한동안 그 주변에서의 퀘스트를 받지 않는 편이 좋다든가…….

어떤 몬스터는 감귤류 과일의 냄새를 싫어하니 그 과일의 즙을 몸에 묻혀두면 다가오지 않는다든가…….

이쪽 세계에 오고 나서는 하루하루 사는 것만으로도 벅차서 이렇게 정보 수집을 한 적이 없었다.

정보 수집은 게임에 있어서 가장 중요한 플래그 회수 작업이다.

술집에서 이런 회의를 하니 모험가가 된 게 실감이 들어서 즐거웠다.

맞은편에 앉은 남성 모험가가 말했다.

"뭐, 아무튼 마을 북쪽 외곽에 있는 낡은 성 근처에는 가지 않는 게 좋아. 왕국의 수도도 아닌 이런 곳에 왜 마왕군의 대간부나 되는 귀한 몸께서 왕림하신 건지는 모르겠지만 말이야. 간부라면 오거 로드나 뱀파이어, 혹은 아크 데몬이나 드래곤이려나? 어쨌든 우리 같은 건 눈 깜짝할 사이에 죽여버릴 수 있는 괴물이 살고 있는 건 틀림없어. 낡은 성 근처에 가야 하는 퀘스트는 한동안 피하는 편이 무난할 거야."

그 남자에게 고맙다고 말한 후 자리에서 일어나 우리 파티가 있는 테이블로 가보니…….

"……뭐야? 다들 왜 나를 그런 눈으로 쳐다보는 거야?"

아쿠아와 다크니스, 그리고 메구밍이 테이블 한가운데에 놓인 컵에 꽂혀 있는 채소 스틱을 오독오독 씹어 먹으면서 나를 쳐다보고 있었다.

"아무것도 아냐. 카즈마가 다른 파티에 들어간 건 아닌지 걱정하거나 한 건 아니라구."

아쿠아는 그렇게 말하면서 약간 불안 섞인 눈으로 나를 힐끔힐끔 쳐다보았다.

"……응? 괜한 걱정하지 말라고. 정보 수집은 모험의 기본이잖아."

나는 세 사람이 있는 테이블 앞에 앉은 후, 채소 스틱을 향해 손을 뻗었다.

휘익.

채소 스틱이 내 손을 피하듯 몸을 비틀었다.

……어이.

"카즈마, 뭐 하는 거야?"

아쿠아가 테이블을 텅 소리 나게 내려치자, 채소 스틱이 움찔했다.

채소 스틱이 한순간 움직임을 멈추자, 아쿠아는 그중 하나를 뽑아서 입에 넣었다.

"……으음. 즐거워 보이네요. 즐거워 보였어요, 카즈마. 다른 파티 멤버와 꽤나 친해 보이던걸요?"

메구밍이 말아 쥔 주먹으로 테이블을 두드린 후, 겁먹은 채소 스틱을 하나 뽑아 입에 넣었다.

"……이 처음 느껴보는 감각은 뭐지? 카즈마가 다른 파티 멤버와 사이좋게 이야기하는 모습을 보니 가슴이 먹먹해지는 것과 동시에, 뭐랄까, 새로운 쾌감이……. 혹시 이것이 그 소문 자자한 NTR……?"

말도 안 되는 소리를 지껄이고 있는 변태는 컵 가장자리를 손가락으로 튕겨내듯 때린 후, 채소 스틱을 손가락으로 잡았다.

"너희들, 왜 그러는 거야? 이런 장소에서 정보 수집을 하는 건 기본 중의 기본이잖아……?"

나는 그렇게 말하면서 테이블을 두드린 후, 채소 스틱을 향해 손을……

휘익.

"…………우랴아아아아아아아아압!"

"아, 안 돼애애앳! 내 채소 스틱한테 무슨 짓을 하는 거야?! 머, 먹을 걸 함부로 다루면 안 된다구!"

내가 채소 스틱을 잡지 못한 손으로 이번에는 스틱이 든 컵을 쥔 후 그것을 벽을 향해 던지려 하자, 아쿠아가 울먹거리면서 내 손을 잡았다.

"채소 스틱 따위에게 얕보일 수는 없다고! 그것보다 이제와서 딴죽을 날리는 것도 좀 그렇지만, 왜 채소가 사람 손을 피하는 거야? 숨통이 제대로 끊어진 걸 손님에게 내놓으라고."

"무슨 소리를 하는 거야. 생선이든 채소든 신선한 게 더 맛있잖아? 활어회 몰라?"

이딴 활어회, 아니, 활채소회를 용납할까 보냐.

나는 채소 스틱 먹는 걸 포기하면서 말했다.

"하아……. 뭐, 채소 따위는 아무래도 좋아. 그것보다 너희에게 물어볼 게 있어. 레벨이 올라가면 다음에는 어떤 스킬을 배울지 고민 중이거든. 솔직하게 말해 우리 파티는 밸런스가 너무 나쁘잖아. 그러니 내가 가능한 한 구멍을 메울 생각인데……. 그러고 보니 너희는 어떤 스킬을 익혔어?"

그렇다. 효율적으로 퀘스트를 수행하기 위해서는 파티 멤버와의 상성을 고려해가면서 스킬을 습득하는 편이 좋다.

그렇게 생각해서 그녀들과 상의를 하려고 한 것이지만……

"나는 《물리 내성》과 《마법 내성》, 각종 《상태 이상 내성》을 익혔다. 그 외에는 디코이처럼 미끼가 되는 스킬도 지녔지."

"……《양손 검》 같은 스킬을 익혀서 무기 명중률을 높일 생각은 없어?"

"없다. 자기 입으로 이런 말을 하는 건 좀 그렇지만, 내 체력과 근력은 상당한 수준이다. 공격이 쉽게 명중하게 되면, 공격을 전혀 받지 않고 몬스터를 쓰러뜨리게 되겠지. 그렇다고 일부러 공격을 받는 것도 뭔가 좀 아니다. 뭐랄까…… 필사적으로 검을 휘두르는데도 공격이 닿지 않아 압도당하고 말 때 정말 기분 좋거든."

"됐어. 넌 이제 닥치고 있어."

"……으윽……! 자기가 물어놓고 나를 이런 식으로 대하다니……."

볼을 붉힌 채 하악하악거리는 다크니스를 나는 방치했다.

그 후, 메구밍을 쳐다보자, 그녀는 고개를 저으면서 입을 열었다.

"저는 당연히 폭렬 계열 스킬이에요. 폭렬 마법과 폭발계 마법 위력 상승, 고속 영창 같은 걸 익혔어요. 최고의 폭렬 마법을 날리기 위한 스킬들이죠. 지금까지 그런 스킬들을 익혔고, 물론 앞으로도 변함없을 거예요."

"……중급 마법 스킬 같은 걸 익힐 생각은 눈곱만큼도 없는 거야?"

"없어요."

이 녀석도 구제 불능이군…….

"으음, 나는……."

"너는 됐어."

"뭐어?!"

나는 자신의 스킬을 이야기하려 하는 아쿠아의 말을 막았다.

연회용 장기 자랑이나 연회용 장기 자랑, 그리고 연회용 장기 자랑 같은 것밖에 없을 테니까 말이다.

하지만…….

"뭐랄까, 이 파티는 정말 두서가 없네……. 진짜로 이적할까……."

"""윽?!"""

그녀들 세 명은 내 중얼거림을 듣고 움찔했다.

2

긴급 양배추 사냥 퀘스트 후로 며칠이 지났다.

그때 수확한 양배추는 전부 팔려 나갔다.

그리고 모험가들에게 보수가 지급되었는데…….

"카즈마, 이걸 좀 봐다오. 이번 보수로 수리를 부탁해둔 갑옷을 조금 강화해봤다. ……어떻게 생각하지?"

보수를 받으러 온 모험가들로 북적대는 길드 안에서, 다크니스는 희희낙락하며 수리가 끝난 갑옷을 나에게 자랑하듯 보여줬다.

그 갑옷은 한마디로 말해…….

"뭐랄까, 벼락부자 귀족 도련님이 입을 법한 갑옷이네."

"……카즈마는 언제 어디서나 인정사정이 없구나. 나도 솔직담백한 칭찬을 받고 싶을 때가 있단 말이다."

다크니스는 어찌 된 영문인지 약간 풀이 죽은 듯한 표정을 지으면서 그렇게 말했다.

그딴 건 내 알 바 아니다.

그것보다…….

"지금은 너보다 더 골치 아픈 녀석이 있어서 신경 써줄 여유가 없어. 너를 뛰어넘을 것 같은 저 변태를 어떻게 해보라고."

"하아…… 하아……. 끄, 끝내, 끝내줘요! 마력이 넘쳐흐르는 마나타이트제 지팡이의 이 빛깔……. 하아…… 하아……!"

메구밍이 새로 장만한 지팡이에 볼을 비벼대고 있었다.

마나타이트라는 희소 금속은 지팡이에 넣으면 마법의 위력을 향상시키는 성질을 지닌다고 한다.

고액의 보수로 지팡이를 강화한 메구밍은 아침부터 요 모양 요 꼴이었다.

그녀의 말에 따르면 이 지팡이 덕분에 폭렬 마법의 위력이 몇 할 정도 증가한다고 한다.

안 그래도 위력이 지나치게 강한 것 같은 폭렬 마법을 더 강화해서 어디 쓸 건데? 그런 것보다는 다른 편리한 마법을 습득해야 하는 거 아냐? 같은 말을 하고 싶었지만, 저런 상태인 메구밍과는 가능하면 얽히고 싶지 않았기에 그냥 내버려 두기로 했다.

참고로 나도 보수를 받아서 주머니 사정이 좋아졌다.

양배추를 쫓는 몬스터를 유인한 다크니스.

그 몬스터들을 한 방에 분쇄한 메구밍.

다른 멤버들이 활약하는 동안, 혼자서 멋대로 양배추나 쫓아다녔던 아쿠아.

양배추 사냥을 해서 번 보수는 균등하게 나누지 않고, 각자가 잡은 숫자에 따라 보수를 배분하기로 했다.

그것은 나 다음으로 수확량이 많았던 아쿠아가 한 말이다.

그리고 현재, 그 말을 했던 당사자가 보수를 수령하고 있는데……

"뭐어어어어어어어엇?! 이게 대체 어떻게 된 거야?!"

아쿠아의 목소리가 길드 안에 울려 퍼졌다.

아아……. 짜증 나네…….

아니나 다를까, 아쿠아는 길드 직원과 다투고 있었다.

접수 카운터 누님의 멱살을 잡은 아쿠아는 마구 트집을 잡고 있었다.

"왜 5만밖에 안 되는 거야?! 내가 양배추를 몇 개나 잡았는지 알기나 해?! 열 개, 아니, 스무 개가 훨씬 넘는다구!"

"그, 그게, 말씀드리기 좀 그렇습니다만……."

"뭔데?! 말해봐!"

"……아쿠아 씨가 잡은 것은 대부분 양상추였어요……."

"…………왜 양상추가 섞여 있는 건데~?!"

"그, 그걸 제가 어떻게 아냐고요!"

대화 내용을 들어보니 아무래도 자신의 보수 금액에 납득하지 못하는 것 같았다.

길드 직원에게 더 말해봤자 소용없다고 생각한 것일까, 아쿠아는 손을 등 뒤로 돌리더니 방긋 웃으면서 나에게 다가왔다.

"카즈마 씨~! 이번 퀘스트의 보수는 얼마나 돼?"

"백 만 정도."

""""배액?!""""

아쿠아와 다크니스, 메구밍이 경악했다.

그렇습니다. 저는 일전의 돌발 퀘스트 덕분에 벼락부자가 되었습니다.

내가 수확한 양배추 중에는 질 좋고 경험치가 잔뜩 든 녀석이 많았다고 한다.

이것도 행운 수치 덕분인 걸까.

"카즈마 님~! 전부터 생각했던 건데, 너는 왠지 모르게 잘난 듯한 느낌이네!"

"칭찬할 데가 생각나지 않았으면 무리해서 하지 말라고. 미리 말해두겠는데 이 돈은 어디 쓸지 이미 정해뒀으니까 나눠줄 수 없어."

내가 딱 잘라 그렇게 말하자, 아쿠아의 미소가 얼어붙었다.

"카즈마 씨이이이이이이이잇! 저, 퀘스트 보수가 꽤 될 줄 알고 요 며칠 동안 가지고 있던 돈, 전부 다 써버렸어요! 그뿐만 아니라 거금이 들어올 줄 알고 길드 술집에 10만 정도 외상도 달아뒀다고요!! 이번 보수로는 그 외상도 못 갚는단 말이에요!"

울먹거리면서 매달리는 아쿠아를 떼어낸 나는 왜 이 녀석은 나중 일은 생각하지 않고 사는 걸까? 하고 생각하며 욱신거리는 관자놀이를 손가락으로 눌렀다.

"내 알 바 아니야. 그리고 「각자가 손에 넣은 보수를 그대로 각자의 몫으로 하자.」라고 말한 사람은 바로 너잖아. 그리고 나는 이제 슬슬 거점을 손에 넣고 싶어. 언제까지 마구간에서 살 수는 없잖아?"

일반적으로 모험가는 집을 가지지 않는다.

모험가는 한곳에 정착하지 않고, 이곳저곳 돌아다니는 경우가 많기 때문이다.

뭐, 성공한 모험가는 얼마 되지 않고, 대부분의 모험가가 하루하루 사는 데 급급하다는 것도 이유 중 하나겠지만 말이다.

솔직하게 말해 나는 이 멤버로 마왕을 토벌하는 것은 무리라고 생각하고 있다.

마왕군과 싸우는 건 나보다 먼저 이쪽 세계에 보내진, 강력한 능력이나 장비를 지닌 녀석들이 하면 된다.

그것도 그럴 것이, 나는 아무나 될 수 있는 초기 직업이자 최약체 직업인 모험가인 것이다.

게다가 어릴 적부터 모험가가 되기 위해 수련해온 녀석들에 비하면 스테이터스 또한 열등한, 정말 어디에나 있을 법한 일반인이다.

적당히 안전하게, 호기심을 충족시켜줄 정도의 모험을 할 수 있고, 느긋하게 살 수만 있으면 된다.

그러니 적당한 집을 임대하거나, 혹은 오두막 같은 조그만 집이라도 하나 구매하자고 생각한 것이다.

아쿠아는 금방이라도 울음을 터뜨릴 것 같은 얼굴로 나에게 매달렸다.

"너, 너무해애애애애애! 카즈마, 제발 부탁이니까 돈 좀 빌려줘! 외상 갚을 돈만이라도 괜찮아! 카즈마도 남자애고, 마구간에서 한밤중에 몰래 자가발전하는 건 알아! 빨리 개인적 공간을 가지고 싶은 것도 안다구! 그래도 5만! 5만이면 돼! 부탁이야아아아아아아앗!"

"좋아. 알았어. 5만이든 10만이든 원하는 대로 빌려줄게! 빌려줄 테니까 입 좀 닥쳐!!"

3

"카즈마. 빨리 토벌 퀘스트를 하러 가죠! 그것도 졸개 몬스터가 잔뜩 나오는 퀘스트로요! 새로 장만한 지팡이의 위력을 시험해보고 싶어요!"

메구밍이 느닷없이 그렇게 말했다.

흠.

"뭐, 나도 좀비메이커 토벌 때 결국 새로 배운 스킬을 시험해보지 못했으니까, 안전하면서 무난한 퀘스트라도 해결하러 가볼까."

"아냐! 돈이 될 만한 퀘스트를 하러 가자! 빚 갚고 나니 오늘 저녁 사 먹을 돈도 없어!"

"아니, 강적을 노리자! 공격 한 방 한 방이 묵직하고 기분 좋은, 엄청 강한 몬스터를 말이다……!"

의견이 제각각인데도 정도라는 게 있다고.

"일단 게시판에 붙은 의뢰를 보고 결정하자."

내가 그렇게 말한 후, 우리 모두는 게시판으로 이동했다.

그리고…….

"……어? 어떻게 된 거야? 의뢰가 거의 없잖아."

그렇다. 평소에는 빈 곳이 보이지 않을 만큼 대량의 의뢰서가 붙어 있었다.

하지만 지금은 겨우 몇 장밖에 없었다.

게다가…….

"카즈마! 이걸로 하는 것이 어떻겠느냐! 산에 출몰하는 블랙팡이라는 이름의 거대 곰을……."

"절대 안 해! 대체 어떻게 된 거야?! 고난이도 퀘스트밖에 없잖아!"

그렇다. 남은 퀘스트는 전부 우리에게 버거운 것들이었다.

그런 우리에게 길드 직원이 다가왔다.

"으음…… 죄송합니다. 최근 들어 마왕군 간부로 추정되는 자가 마을 근처에 있는 조그마한 성에 살기 시작했거든요……. 마왕 간부 때문인지 이 근처에 있던 약한 몬스터들이 숨어버려서 일거리가 급격하게 줄었답니다. 다음 달에 이 나라의 수도에서 간부를 토벌할 기사단이 파견된다고 하니, 그때까지는 저기 있는 고난이도 임무밖에……."

직원이 미안해하면서 그렇게 말하자, 땡전 한 푼 없는 아쿠아는 비명을 질렀다.

"마, 말도 안 돼애애애애앳!"

……나도 아쿠아를 동정하고 말았다.

"정말……! 왜 이 타이밍에 이사를 한 거야! 간부인지 뭔지는 모르겠지만, 만약 언데드라면 두고 보라구!"

아쿠아는 울음기 섞인 목소리로 투덜대면서 아르바이트 잡지를 뒤졌다.

다른 모험가들도 우리와 비슷한 생각인지, 평소보다 많은 사람들이 대낮부터 이곳에서 술을 마시고 있었다.

마왕군 간부는 대체 무슨 목적으로 이런 곳에 온 것일까.

솔직히 말해 이 마을 모험가들의 실력은 나와 크게 다르지 않았다.

우리보다 강한 모험가 파티는 물론 잔뜩 있지만, 그래 봤자 거기서 거기였다.

이곳은 풋내기 모험가가 처음으로 방문하는, 초심자를 위한 수행 마을이다.

그리고 게임에서 보면 마왕군 간부 같은 클래스는 라스트 즈음에나 나온다.

개구리를 상대로도 고전하는 우리가 제아무리 모여 봤자

상대가 되지 않을 것이다.

4

"즉, 이 나라의 수도에서 실력 있는 모험가와 기사들이 오는 다음 달까지는 제대로 된 일거리가 없다는 거군."

"그래요. ……그럼 퀘스트가 없는 동안에는 저를 도와주셨으면 하는데요……."

나는 메구밍과 함께 마을 밖으로 향했다.

현재 마을 근처에는 위험한 몬스터가 없다.

마왕군 간부가 출현한 탓에, 약한 몬스터들이 겁먹고 숨어버린 것이다.

나는 퀘스트가 없어서 폭렬 마법을 쏘지 못한 탓에 근질근질해하는 메구밍과 함께 산책을 나왔다.

이 녀석은 하루에 한 번 반드시 폭렬 마법을 쏘는 것을 일과로 삼고 있는 것 같았다.

설마, 다음 달까지는 이렇게 매일같이 이 녀석에게 어울려줘야 하는 걸까?

메구밍에게 혼자 가라고 했더니, 그럼 누가 자신을 업고 돌아올 거냐는 소리를 아무렇지도 않게 했다.

"이쯤이면 괜찮겠지. 대충 쏘고 돌아가자."

마을에서 조금 떨어진 곳에 도착한 후, 나는 메구밍에게 마법을 날리라고 말했다.

하지만 메구밍은 고개를 저었다.

"안 돼요. 마을 근처에서 썼다간 또 수위 아저씨에게 혼날 거예요."

"너 방금 또, 라고 말했지? 시끄럽다는 이유로 혼난 거야?"

메구밍은 내 말을 듣고 고개를 끄덕였다.

어쩔 수 없다. 무기를 가지고 있지 않아서 조금 불안하기는 하지만, 어차피 몬스터가 나올 리가 없다.

그래서 좀 멀리까지 가보기로 했다.

지금 생각해보니, 이쪽 세계에 온 후에 이렇게 밤을 느긋하게 돌아다닌 적은 거의 없었다.

마을 밖을 돌아다닌 건 전부 몬스터 토벌 퀘스트를 수행하기 위해서였다.

이렇게 느긋하게 산책을 한 적은…….

"……어? 저건 뭐죠? 성인가요?"

멀찍이 떨어진 곳에 있는 언덕 위.

그곳에 존재하는, 낡을 대로 낡은 오래된 성.

마치 귀신의 집 같은 장소였다…….

"섬뜩하네……. 귀신이라도 나올 것 같은 것 같은 곳이잖아……."

내가 그렇게 중얼거리자······.

"저걸 표적으로 삼죠! 저 성이라면 박살 내봤자 아무도 불평하지 않을 거예요."

메구밍은 그렇게 말한 후, 들뜬 얼굴로 마법을 시전할 준비를 시작했다.

기분 좋은 바람이 부는 언덕 위.

느긋한 분위기에 어울리지 않는, 폭렬 마법의 영창이 바람에 녹아들었다······!

············이렇게, 나와 메구밍의 새로운 일과가 시작됐다.

무일푼인 아쿠아는 매일같이 아르바이트를 하고 있었다.

다크니스는 한동안 본가에서 근육 트레이닝에 힘쓰겠다고 말했다.

딱히 할 일이 없는 메구밍은 이 성 근처에 와서 매일같이 폭렬 마법을 펼쳤다.

차가운 진눈깨비가 내리는 저녁에도.

점심 식사 후의 느긋한 오후에도.

그리고 이른 아침에 상쾌한 산책을 하러 나온 김에도.

메구밍은 매일같이 그 성을 향해 마법을 날렸고······.

그녀의 곁에서 마법을 지켜보던 나는 어느새 그날그날 펼친 폭렬 마법의 완성도를 파악할 수 있는 경지에 이르렀다.

"『익스플로전』!!!"

"오, 오늘은 꽤 괜찮은 느낌이네. 폭렬의 충격파가 뼛속까지 침투할 것처럼 울려 퍼지면서, 피부를 쓰다듬는 듯한 공기의 진동이 뒤늦게 밀려오고 있어. 불가사의하게도 저 성은 여전히 무사한 것 같지만, 그래도 나이스 폭렬!"

"나이스 폭렬! 후훗, 카즈마도 폭렬도를 점점 이해하기 시작했군요. 오늘 평가는 시적이면서도 꽤 정확했어요. ……어때요? 카즈마도 농담이 아니라 진짜로 폭렬 마법을 배워보지 않겠어요?"

"으음, 폭렬도도 재미있어 보이지만, 지금 우리 파티에 마법사가 두 명인 것도 좀 그렇잖아. 하지만 모험가를 은퇴할 때 여유가 있으면 마지막으로 폭렬 마법을 습득하는 것도 재미있을 것 같네."

나와 메구밍은 그런 대화를 나누면서 웃었다.

오늘의 폭렬 마법은 몇 점이었다. 음량은 적었지만 음색이 좋았다. 같은 이야기를 나누면서 말이다.

5

일과인 폭렬 산책을 시작하고 일주일 정도 흐른 어느 날 아침.

『긴급! 긴급! 모든 모험가 여러분은 즉시 무장을 한 후,

전투태세를 갖추고 마을 정문에 모여주십시오!』

귀에 익은 긴급 안내 방송이 마을 안에 울려 퍼졌다.

그 안내 방송을 들은 우리도 무장을 한 후, 지정 장소로 향했다.

수많은 모험가가 모여 있는 마을 정문 앞에 도착한 우리는 엄청난 위압감을 뿜는 몬스터 앞에서 아연실색하고 말았다.

듈라한.

그것은 인간에게 죽음을 선고하고, 절망을 내려주는 머리 없는 기사.

언데드가 되어 생전보다 더 강한 육체와 특수 능력을 지닌 몬스터.

칠흑빛 갑옷을 걸치고 자신의 머리를 왼쪽 옆구리에 안아 들고 있던 기사는 이 마을의 모험가들이 지켜보는 가운데, 풀 페이스 투구에 감싸인 자신의 머리를 앞으로 내밀었다.

앞으로 내민 그 머리에서 낮은 목소리가 흘러나왔다.

"⋯⋯나는 얼마 전에 이 근처에 있는 성으로 이사 온 마왕군의 간부다만⋯⋯."

이윽고 그 머리는 부들부들 떨면서 외쳤다⋯⋯⋯⋯!

"매매매매, 매일매일매일매일!! 내내, 내 성에, 하루도 거르지 않고 폭렬 마법을 날려댄, 정신 나간 멍청이는, 대체 어느 놈이냐아아아아아아아앗~!!"

마왕군 간부는 머리끝까지 분노가 치솟은 상태인 것 같았다.

참다 참다 더는 참을 수가 없게 되어 완전히 뚜껑이 열리고 만 듯한 듈라한이 그렇게 외치자, 내 주위에 있는 모험가들이 술렁거렸다.

아니, 이 자리에 있는 이들 모두가 무슨 일이 일어난 것인지 이해하지 못하고 있었다.

아무튼, 우리가 급히 소집된 것은 눈앞에 있는 이 분노에 찬 듈라한 때문인 것 같았다.

"……폭렬 마법?"

"폭렬 마법을 쓰는 녀석이라면……."

"폭렬 마법 하면……."

주위의 시선이 자연스레, 내 옆에 있는 메구밍을 향했다.

……주위의 시선을 한 몸에 모은 메구밍은 자신의 옆에 있는 여자 마법사를 쳐다보았다.

그에 따라 나도 그 애를 쳐다보자, 주위에 있는 다른 이들도 덩달아 그 애를 쳐다보았다…….

"앗?! 나, 나?! 왜 나를 쳐다보는 거야?! 나는 폭렬 마법 같은 건 쓸 줄 모른단 말이야!"

느닷없이 누명을 뒤집어쓴 그 마법사는 당황했다.

……잠깐, 혹시……. 매일같이 마법을 날려댄 그 낡은 성! 그건…….

내가 옆쪽을 쳐다보니, 메구밍이 식은땀을 흘리고 있었다.

아무래도 이 녀석도 눈치챈 것 같았다.

이윽고 메구밍은 한숨을 내쉰 후, 인상을 쓰면서 앞으로 나섰다.

그러자 모험가들이 양옆으로 비켜서면서 듈라한에게로 이어지는 길을 만들어줬다.

마을 정문 앞에 있는 듈라한.

메구밍은 그 듈라한과 10미터 정도 거리를 두고 대치했다.

나를 비롯해 다크니스와 아쿠아도 메구밍의 등 뒤에 섰다.

언데드를 발견하면 부모 원수라도 되는 것처럼 달려들던 아쿠아도 이렇게 분노한 듈라한이 신기한지 흥미진진한 눈길로 이 상황을 지켜보고 있었다.

"네가……! 네가, 매일같이 내 성을 향해 폭렬 마법을 날려댄 멍청이냐! 내가 마왕군 간부라는 걸 알면서도 싸움을 건 거라면, 당당하게 성에 쳐들어와라! 그럴 마음이 없다면 마을에서 부들부들 떨고만 있으란 말이다! 왜 이런 음험한 방법으로 나를 괴롭히는 거지?! 이 마을에 저 레벨 모험가만 있다는 건 알고 있다! 약해빠진 놈들밖에 없는 마을이라서 방치해뒀건만, 매일같이 펑펑펑펑 마법을 날려대다니……!! 너 대체 정신 제대로 박힌 녀석이냐!"

매일같이 날아오는 폭렬 마법 때문에 화가 제대로 났는지, 듈라한의 투구가 극심한 분노 때문에 부들부들 떨렸다.

그런 듈라한에게 압도당한 메구밍은 약간 겁먹은 것 같지만, 그래도 망토를 펄럭이며 외쳤다……!

"내 이름은 메구밍. 아크 위저드이자, 폭렬 마법을 펼치는 자……!"

"……메구밍이 뭐냐. 나를 바보 취급하는 것이냐?"

"아, 아니다!"

이름을 들은 듈라한이 딴죽을 날렸지만, 메구밍은 금세 페이스를 회복하면서 말했다.

"나는 홍마족이자, 이 마을 제일의 마법사. 내가 폭렬 마법을 계속 날려댄 것은 마왕군 간부인 당신을 이곳으로 불러내기 위한 작전……! 이렇게 이 마을에 당신이 혼자 온 순간, 당신의 운은 다했어요!"

그런 소리를 하면서 듈라한을 지팡이로 가리키는 메구밍을 뒤쪽에서 쳐다보면서, 나는 다크니스와 아쿠아에게 조그마한 목소리로 말했다.

"……어이, 저 녀석이 방금 한 말 들었어? 하루라도 폭렬 마법을 쓰지 않으면 죽는다고 하도 어리광을 부려대서 어쩔 수 없이 성 근처에 데려가 줬던 걸 어느새 작전이라고 우겨대고 있어."

"……음. 게다가 이 마을 제일의 마법사라고 주장하고 있구나."

"쉬잇~! 일단 입 다물고 있어! 오늘은 아직 폭렬 마법을 쓰지 않은 데다, 등 뒤에 수많은 모험가가 있어서 저렇게 세게 나가는 걸 거야. 분위기 꽤 좋아 보이니까 이대로 지켜보고 있자구!"

우리의 속삭임이 들렸는지, 메구밍은 지팡이로 듈라한을 가리킨 채 얼굴을 살짝 붉혔다.

참고로 듈라한은 그 말에 납득한 것 같았다.

"……호오, 홍마 일족인가. 그래 그래. 그 정신 나간 듯한 이름은 나를 바보 취급하려고 댄 거짓말이 아닌 것 같군."

"부모님에게 받은 내 이름에 불만이 있으면 어디 말해봐라."

메구밍은 듈라한의 말을 듣고 열 받은 것 같지만, 상대는 그녀의 말을 들은 척도 하지 않았다.

아니, 이곳에 모인 수많은 모험가들조차도 전혀 신경 쓰지 않고 있었다.

역시 마왕군 간부답게 우리 같은 햇병아리 따위는 안중에도 없는 것이리라.

"……흥. 뭐, 좋다. 나는 너희 같은 졸개들을 괴롭히려고 이 땅에 온 것이 아니다. 이곳에는 무언가를 조사하러 온 거지. 한동안 저 성에 머물 예정이니, 앞으로는 폭렬 마법을 쓰지 마라. 알았나?"

"그건 저보고 죽으라는 소리나 마찬가지인데요. 홍마족은 하루에 한 번 폭렬 마법을 쓰지 않으면 죽어버려요."

"어, 어이, 그런 소리 들은 적 없거든?! 말도 안 되는 거짓말 하지 마라!"

어쩌지. 메구밍과 저 몬스터의 대화를 좀 더 듣고 싶다는 생각이 들었다.

고개를 돌려보니 아쿠아도 메구밍이 뒬라한에게 대드는 모습을 가슴을 두근거리며 지켜보고 있었다.

뒬라한은 오른 손바닥에 머리를 놓더니, 그 후 어깨를 으쓱하면서 말했다.

"무슨 일이 있어도 폭렬 마법을 계속 쓰겠다는 것이냐? 나는 몬스터로 전락하기는 했지만 원래는 기사였다. 약자를 괴롭히는 취미는 없지. 하지만 또 성 주변에서 그런 민폐 행위를 한다면 나도 생각이 있다."

뒬라한이 위험한 분위기를 자아내자, 메구밍은 겁먹은 것처럼 뒷걸음질 쳤다.

하지만 메구밍은 자신만만한 미소를 짓더니……!

"민폐를 받고 있는 건 저희예요! 당신이 저 성에 온 탓에 저희는 일거리가 없어졌다고요! ……홋, 여유 부릴 수 있는 것도 지금뿐이에요. 이쪽에는 대(對) 언데드 전의 스페셜리스트가 있다고요! 선생님, 부탁드립니다!"

메구밍은 잘난 척이란 잘난 척은 다한 후, 뒷일은 아쿠아에게 맡겨버렸다.

…………어이.

"어쩔 수 없네~! 마왕군 간부인지 뭔지는 모르겠지만, 내가 있을 때 이 마을에 쳐들어오다니, 정말 운이 나쁜걸. 언데드 주제에 힘이 약해지는 낮에 나타나다니, 정화해달라고 비는 거나 마찬가지라구! 너 때문에 제대로 된 퀘스트를 받지도 못하고 있단 말이야! 자아, 각오는 됐지?!"

선생님이라 불린 아쿠아는 기세등등하게 듈라한 앞에 섰다.

마른침을 삼키며 상황을 지켜보고 있는 모험가들의 시선을 받으면서, 아쿠아가 듈라한을 향해 한 손을 들었다.

그 모습을 본 듈라한은 흥미가 동했는지 자신의 목을 아쿠아를 향해 내밀었다.

이것이 듈라한 나름의, 뚫어지게 쳐다보는 행위이리라.

"호오, 이런 이런. 프리스트가 아니라 아크 프리스트인가? 마왕군의 간부 중 한 명인 내가 이런 마을에 있는 저 레벨 아크 프리스트 따위에게 정화당할 리가 없는 데다, 아크 프리스트 대책 또한 세워뒀지만……. 그래도 홍마족 계집에게 고통을 안겨주도록 할까!"

듈라한은 아쿠아가 마법을 사용하는 것보다 먼저, 왼손 검지로 메구밍을 가리켰다.

그리고 듈라한은 주저 없이 외쳤다!

"그대에게 죽음의 선고를! 너는 일주일 후에 죽을 것이다!!"

듈라한이 저주를 거는 것과, 다크니스가 메구밍의 멱살을 잡고 자신의 등 뒤로 숨긴 것은 동시였다.

"앗?! 다, 다크니스?!"

메구밍이 고함을 지른 가운데, 다크니스의 몸이 한순간 검은색으로 빛났다.

젠장, 당했다! 죽음의 선고인가!

"다크니스, 괜찮아?! 아픈 곳은 없어?"

내가 허둥지둥 묻자, 다크니스는 자신의 양손을 확인해보듯 몇 번 움직여본 후…….

"……흠, 딱히 이상한 곳은 없다."

태연한 목소리로 그렇게 말했다.

하지만 듈라한은 분명 말했다.

일주일 후에 죽는다고 말이다.

저주에 걸린 다크니스의 몸을 아쿠아가 만져보고 있을 때, 듈라한은 의기양양한 목소리로 말했다.

"그 저주에 걸려도 지금은 아무렇지 않을 것이다. 약간 예정과는 달라졌지만 동료들 간의 결속이 강한 네놈들 모험가에게는 이게 더 효과적이겠지. ……잘 들어라, 홍마족 계집아. 이대로 있으면 저 크루세이더는 일주일 후에 죽는다. 크큭, 네 소중한 동료는 그때까지 죽음의 공포에 떨면서 괴로워하겠지……. 바로 네놈 때문에 말이다! 앞으로 일주일 동안, 동료가 괴로워하는 모습을 보면서 자신이 한 짓을 후회하거라! 크하하하핫! 순순히 내가 시키는 대로 했으면 이런 일은 벌어지지 않았을 것이다!"

듈라한의 말을 듣고 메구밍의 얼굴이 새파랗게 질린 가운데, 다크니스는 부들부들 떨면서 고함을 질렀다.

"마, 맙소사! 즉, 네놈은 나에게 죽음의 저주를 걸고, 저주를 풀어주기를 원한다면 시키는 대로 하라고 강요하는 것이냐?!"

"뭐?"

다크니스의 말을 이해하지 못한 듈라한은 그대로 되물었다.

나도 듈라한과 마찬가지로 무슨 말인지 이해하지 못했다. ……하고 싶지도 않았다.

"큭……! 저주 따위에 나는 굴복하지 않는다……! 하지 않지만……! 카, 카즈마, 어떻게 하지?! 저 듈라한의 투구 틈새로 보이는 음란한 눈을 봐라! 저건 나를 이대로 성으로 끌고 간 후, 저주를 풀고 싶으면 순순히 내가 시키는 대로 하라고 하면서 엄청난 하드코어 변태 플레이를 요구하는 변질자의 눈이다!"

수많은 사람들 앞에서 변질자라고 불린 불쌍한 듈라한은 불쑥 말했다.

"……뭐?"

정말 불쌍하네.

"내 몸은 마음대로 할 수 있을지언정, 마음까지 뜻대로 할 수 있을 거라고는 생각하지 마라! 성에 갇혀, 마왕의 부하들에게 말도 안 되는 요구를 당하는 여기사! 아아, 어쩌지. 어쩌면 좋겠느냐, 카즈마!! 예상도 못 했던 시추에이션이다! 나는 가고 싶지는 않다. 가고 싶지는 않지만 어쩔 수 없지! 가서 최대한 저항해볼 테니 방해는 하지 말아다오! 그럼 갔다 오마!"

"뭐엇?!"

"관둬! 가지 마! 듈라한이 난처해하고 있잖아!"

적을 향해 다가가는 다크니스를 내가 등 뒤에서 부여잡으면서 말리자, 듈라한은 안도했다.

"아, 아무튼! 이걸로 넌더리가 났으면 더는 내 성에 폭렬 마법을 날리지 마라! 그리고 홍마족 계집이여! 저 크루세이 더의 저주를 풀고 싶다면 내 성으로 와라! 성 최상층에 있는 내 방에 당도한다면, 저주를 풀어주마! ……하지만, 성에는 내 부하 언데드 나이트들이 득실거리고 있지. 풋내기 모험가인 너희가 과연 내가 있는 곳까지 올 수 있을까? 크크크크큭, 크하하하하하핫!"

듈라한은 그렇게 말한 후, 웃음을 터뜨리면서 마을 밖에 세워둔 머리 없는 말에 타더니, 그대로 성으로 돌아갔다…….

6

여러 가지 면에서 너무하기 그지없는 상황이 벌어진 탓에, 이 자리에 모인 모험가들은 망연자실한 표정으로 멍하니 서 있었다.

그것은 나도 마찬가지였다.

내 옆에서는 메구밍이 새파랗게 질린 얼굴로 부들부들 떨며 지팡이를 고쳐 쥐었다.

그리고 혼자서 마을 밖으로 나가려 했다.

"어이, 대체 어디에 뭘 하러 가려는 거야?"

내가 메구밍의 망토를 잡아당기자, 메구밍은 다리에 힘을 주며 저항했다. 그리고 나를 쳐다보지도 않은 채 말했다.

"이번 일은 제 책임이에요. 그러니 성에 쳐들어가서 그 둘라한에게 직접 폭렬 마법을 먹여준 후, 다크니스에게 건 저주를 풀게 할게요."

메구밍 혼자 가서 그게 가능할 리가 없잖아.

……그 이전에…….

"나도 같이 갈 거야. 너 혼자 갔다간 졸개에게 마법을 쓰고 그대로 끝일 거잖아. 그리고 나도 매번 너와 같이 갔으면서도 거기가 간부의 성이라는 걸 눈치 못 챈 멍청이라고."

내 말을 듣고 메구밍은 인상을 찡그렸지만, 이윽고 체념한 것처럼 고개를 푹 숙였다.

"……그럼 같이 가주겠어요? 하지만 그 성에는 언데드 나이트가 득실거리고 있다고 해요. 그럼 무기 공격은 잘 통하지 않을 거예요. 제 마법이 더 효과적일 거예요. ……그러니까 이럴 때는 저에게 의지해주세요."

그렇게 말한 메구밍은 옅은 미소를 지었다.

언데드 나이트라는 몬스터는 이름으로 볼 때 갑옷을 걸치고 있는 상대이리라.

그런 녀석이 상대라면 싸구려 검밖에 없는 나는 무력할 것이다.

하지만 나에게도 생각이 있었다.

"내 적 탐지 스킬로 성안의 몬스터를 탐지하면서 잠복 스킬로 몸을 숨긴 채 몰래 이동하자. 아니면 매일같이 성에

드나들면서 폭렬 마법으로 적들을 해치운 후 귀환하는 거야. 매일 적들을 줄여나가는 거지. ……일주일이라는 기한이 있으니까 그런 작전을 쓰는 것도 괜찮을 거야."

내 제안을 듣고 조금은 희망이 생긴 듯한 메구밍이 밝은 표정을 지으면서 고개를 끄덕였다.

나와 메구밍은 다크니스를 쳐다보았다.

"어이, 다크니스! 우리가 반드시 저주를 풀어줄게! 그러니까 안심하고……."

"『세이크리드 브레이크스펠』!"

다크니스를 격려하기 위해 내가 입을 연 바로 그 순간이었다.

내 말을 막듯 아쿠아가 날린 마법을 맞은 다크니스의 몸이 옅게 빛났다.

그리고 유감스러워하는 것처럼 풀이 죽은 다크니스와는 대조적으로, 아쿠아가 희희낙락하면서 말했다.

"듈라한의 저주를 푸는 것 정도는 나에게 있어 식은 죽 먹기라구! 어때? 어때? 나도 때로는 프리스트다운 짓을 하지?"

""……어?""

······방금까지 나와 메구밍이 불태우고 있던 의욕을 돌려줘.

7

마왕군 간부 습격 사건으로부터 일주일이 지난 어느 날에 있었던 일이다.

"퀘스트야! 고난이도라도 괜찮으니까 퀘스트를 받자!"

""으음······.""
아쿠아가 느닷없이 그런 소리를 하자, 나와 메구밍은 불안 섞인 신음을 흘렸다.

아쿠아를 제외한 우리는 현재 주머니 사정이 좋았다.

고난이도 퀘스트밖에 없는 지금 상황에서 일부러 일을 할 마음이 들지 않았다.

"나는 상관없다만. ······하지만 아쿠아와 나 둘이서는 화력이 부족하겠지······."

다크니스는 나와 메구밍을 힐끔힐끔 쳐다보았다.

그런 눈으로 쳐다봐도 나와 메구밍은 무리해가면서 위험한 퀘스트에 도전할 필요성을 느끼지 못했다.

의욕이 없는 우리를 본 아쿠아가 드디어 울음을 터뜨렸다.

"부, 부탁이야아아아아아아아! 이제 아르바이트는 하기 싫어~! 크로켓을 다 못 팔면 점장님이 화낸다구! 나, 힘낼게! 나, 이번에는 전력을 다할게에에엣!"

나와 메구밍은 서로의 얼굴을 쳐다보았다.

"어쩔 수 없네……. 그럼 적당해 보이는 퀘스트를 찾아와. 괜찮은 거면 같이 가줄게."

그 말을 들은 아쿠아는 희희낙락하면서 게시판을 향해 뛰어갔다.

"……카즈마도 같이 가서 퀘스트를 살펴봐 주지 않겠어요? 아쿠아 한 명에게 맡겨뒀다간 당치도 않은 걸 가져올 것 같은 느낌이 들거든요……."

"……동감이다. 뭐, 나는 무모한 퀘스트라도 불만은 없지만……."

나는 메구밍과 다크니스의 의견을 듣고 왠지 불길한 예감이 들었다.

퀘스트 의뢰서가 붙어 있는 게시판 쪽으로 간 나는 고민 섞인 표정으로 퀘스트들을 살펴보고 있는 아쿠아의 등 뒤에 섰다.

아쿠아는 내가 등 뒤에 선 것도 눈치채지 못한 채, 진지한 표정으로 퀘스트를 고르고 있었다.

이윽고, 그녀는 종이 한 장을 게시판에서 떼어내더니 손에 쥐었다.

"……좋아."

"좋아, 는 무슨! 너 지금 어떤 퀘스트를 맡으려고 하는 건지 알고는 있는 거야?!"

나는 아쿠아가 쥔 의뢰서를 빼앗았다.

『——만티코어와 그리폰 토벌—— 만티코어와 그리폰이 영역 다툼을 하고 있는 장소가 있습니다. 내버려 두면 매우 위험하기에 두 마리 다 토벌해주십시오. 보수는 50만 에리스.』

"이 멍청아!"

나는 고함을 지르면서 의뢰서를 다시 게시판에 붙였다.

보러 오기 잘했다. 까딱했으면 무시무시한 퀘스트를 맡을 뻔했다.

"뭐가 문젠데? 두 마리가 뒤엉켜 있을 때 메구밍이 폭렬 마법을 날리면 일격에 끝낼 수 있잖아. 정말 어쩔 수 없다니깐……."

어차피 이 녀석은 그 위험한 마수 두 마리를 뒤엉키게 하는 걸 나에게 전부 떠맡길 생각이리라.

차라리 이 퀘스트를 맡아서 혼자 가게 해버릴까 하고 내가 고민하고 있을 때, 아쿠아가 내 옷자락을 잡아당기면서 흥분한 목소리로 말했다.

"앗, 카즈마! 이거! 이거 좀 봐봐!!"

나는 그 말을 듣고 아쿠아가 손가락으로 가리키는 의뢰서를 쳐다보았다.

『──호수 정화── 마을의 수원(水源) 중 하나인 호수의 수질이 나빠져 브루틀 앨리게이터가 살기 시작했기에 물의 정화를 의뢰하고 싶다. 호수 정화에 성공하면 몬스터는 서식지를 다른 곳으로 옮길 테니 몬스터는 토벌하지 않아도 된다. ※정화 마법을 습득한 프리스트 필요. 보수는 30만 에리스.』

"······너, 물의 정화 같은 걸 할 줄 알아?"

아쿠아는 내 질문을 듣고 코웃음을 쳤다.

"바보, 내가 누군지 잊은 거야? 아니, 그 이전에 이름과 외모만 봐도 내가 무엇을 관장하는 여신인지는 알 수 있을 텐데?"

"연회의 여신이잖아?"

"아냐, 이 은둔형 니트! 물이야! 이 아름다운 물빛 눈동자와 이 머리카락이 안 보이는 거야?!"

오호라.

물을 정화하는 것만으로 30만인가. 꽤 짭짤하겠는걸.

토벌을 하지 않아도 된다는 것도 꽤 마음에 들었다.

"그럼 이걸 맡자. 그런데 정화만이라면 너 혼자서도 할 수 있지 않아? 그러면 보수를 독차지할 수 있을 거야."

내가 그렇게 말하자, 아쿠아는 인상을 썼다.

"으, 으음……. 아마 호수를 정화하려고 하면 몬스터가 방해하러 오겠지? 내가 정화를 끝낼 때까지 몬스터들로부터 나를 지켜줬으면 해."

무슨 말인지는 알겠다.

하지만 브루틀 앨리게이터는 이름으로 볼 때, 악어 계열 몬스터겠지?

엄청 위험할 것 같은데…….

"참고로 정화에는 얼마나 걸려? 5분?"

단시간에 끝난다면 메구밍의 폭렬 마법으로 어떻게 될 것이다.

아쿠아는 고개를 갸웃거리면서 말했다.

"……한나절 정도?"

"뭐가 그렇게 오래 걸려?!"

이름만 들어봐도 위험해 보이는 몬스터를 상대하며 한나절이나 너를 지키라는 거냐?

내가 의뢰서를 다시 게시판에 붙여놓으려고…….

"아앗! 부탁이야! 부탁이라구우우웃! 그거 외에는 전부 변변찮은 퀘스트뿐이야! 그러니까 협력해줘, 카즈마 씨~!"

게시판에 종이를 다시 붙여놓으려고 하는 내 오른손에 매달려 엉엉 우는 아쿠아를 본 내 머릿속에 문득 어떤 생각이 떠올랐다.

"……어이, 정화는 어떻게 하는 거야?"

"……응? 물의 정화는 내가 물에 손을 댄 채 정화 마법을 계속 사용하면 되는데……."

아하. 물에 닿아야만 하는 거구나.

방금 괜찮은 아이디어가 떠올랐지만, 그래서는…….

……아니, 잠깐만 있어봐.

"어이, 아쿠아. 아마 안전하게 정화할 방법이 있을 것 같은데, 한번 해볼래?"

8

마을에서 조금 떨어진 곳에 있는 커다란 호수.

마을에 물을 공급하는 곳 중 한 곳인 이 호수에서는 조그마한 강이 흘러나오고 있으며, 그 강은 마을로 이어져 있다.

호수 근처에는 산이 있으며, 그곳에서 끊임없이 호수를 향해 물이 흘러들어가고 있었다.

아하.

의뢰서에 적힌 대로, 호수의 물은 탁했다.

몬스터도 청결한 물을 좋아할 거라고 생각했는데, 그렇지 않은 것일까.

내가 호수를 바라보고 있을 때, 등 뒤에서 목소리가 들렸다.

"……저기……. 진짜로 할 거야?"

그것은 불안으로 가득 찬 아쿠아의 목소리였다.

내가 빈틈없는 작전을 짜줬는데, 대체 왜 이렇게 불안해하는 걸까.

아쿠아는 말했다.

"……나, 인간에게 잡힌 후 팔려 나가는 희소 몬스터가 된 것 같은 기분이야……."

……희소 몬스터가 갇히는 강철제 우리 안에서 무릎을 끌어안고 앉은 채 말이다.

아쿠아가 들어 있는 우리를 그대로 호수에 투입했다.

처음에는 안전한 우리를 호수 근처로 옮긴 후, 그 안에서 정화 마법을 걸게 하려고 했지만, 정화 마법은 물에 닿아야만 하기에 이런 작전으로 변경됐다.

물의 여신인 아쿠아는 물에 빠지는 것은 고사하고, 호수 밑바닥에 하루 동안 들어가 있어도 질식하지 않을 뿐만 아니라, 불쾌감을 느끼지도 않는다고 한다.

그리고 본인의 말에 따르면 정화 마법을 사용하지 않더라도, 아쿠아 본인이 호수 안에 들어가 있으면 그것만으로도 정화 효과가 발생한다고 한다.

아쿠아는 그 정도로 신성한 존재인 것이리라. 역시 썩어도 준치, 아니 여신이다.

아쿠아가 들어간 우리는 나와 다크니스가 호수로 옮겼다.

강철제 우리는 길드에 있는 것을 빌렸다.

퀘스트 중에는 몬스터의 포획 의뢰도 있으며, 그럴 때 사용하는 물건인 것 같았다.

딱히 쓸모없는 여신을 호수에 버리려고 온 것은 아니기 때문에 깊은 곳까지 갈 필요는 없다.

아쿠아가 살짝 호수의 물에 잠기도록 우리를 호수 가장자리에 내려놓기만 하면 되는 것이다.

그렇게 하면 호수를 정화하는 동안 브루틀 앨리게이터에게 공격을 받아도 안전할 것이다.

그것도 그럴 것이, 이것은 포획한 몬스터를 운반하기 위한 우리다. 안에 있는 아쿠아에게 공격이 닿을 리가 없었다.

길드 직원의 이야기에 따르면, 정화가 끝나면 몬스터가 호수를 떠날 거라고 했지만, 만일 아쿠아의 곁에서 떨어지지 않을 때에 대비해 우리에 튼튼한 쇠사슬을 감아뒀다.

강철제 우리는 중량이 상당하기에, 호수 근처까지는 마을에서 빌린 말을 이용해 옮겼다.

긴급 상황이 발생하면 말에게 우리를 감은 쇠사슬을 끌게 해서 도망칠 예정이다.

아쿠아가 들어 있는 우리를 호수 가장자리로 옮겨, 안에 있는 그녀의 발끝과 엉덩이 부분이 호수에 잠기게 했다.

이제 우리 세 명은 떨어진 곳에서 기다리기만 하면 된다.

아쿠아는 무릎을 안은 채 퉁명한 목소리로 말했다.

"······나, 홍차를 우려내는 티백이 된 것 같은 기분이야······."

9

정화 장치, 아니, 아쿠아를 호수에 설치하고 두 시간이 흘렀다.

하지만 아직 몬스터가 습격할 낌새는 보이지 않았다.

나와 다크니스, 메구밍은 아쿠아에게서 20미터 정도 떨어진 육지에서 그녀를 지켜보고 있었다.

나는 여전히 물에 잠겨 있는 아쿠아에게 말을 걸었다.

"어이, 아쿠아! 정화 쪽은 어떻게 되어가고 있어? 그리고 물에 계속 몸을 담그고 있으면 몸이 차가워질 거야. 혹시 화장실 가고 싶어지면 말해. 우리에서 꺼내줄게!"

내가 멀리서 고함을 지르자, 아쿠아도 나를 향해 고함을 질렀다.

"정화 쪽은 순조로워! 그리고 화장실은 됐어! 아크 프리스트는 화장실 같은 거 안 간다구!!"

아쿠아는 옛날 아이돌 같은 소리를 했다.

물에 계속 들어가 있는데도 괜찮은지 걱정됐지만, 아직

여유가 있는 것 같았다.

"꽤 괜찮아 보이네요. 참고로 홍마족도 화장실에 안 가요."

메구밍이 묻지도 않았는데 그런 소리를 했다.

너도 아쿠아도 평소에 그렇게 먹고 마셔대는데 그건 다 어디로 사라지는 거야, 하고 딴죽을 날리고 싶었다.

"나도 크루세이더라서 화장실을…… 화장실을……. ……으으……."

"다크니스, 저 두 사람에게 맞서지 마. 그리고 화장실에 안 간다고 주장하는 저 두 사람은 다음에 당일치기로 끝낼 수 없는 퀘스트를 받아서, 진짜로 화장실에 안 가는지 확인할 거야."

"하, 하지 마세요. 홍마족은 진짜로 화장실에 안 간다고요. 그래도 사과할 테니까 하지 말아주세요. ……그건 그렇고 브루틀 앨리게이터가 진짜 안 나타나네요. 이대로 아무 일도 없이 끝난다면 좋을 텐데 말이에요."

메구밍이 플래그처럼 들리는 발언을 했다.

그리고 그것을 계기로 삼은 것처럼, 호수 일부에 잔물결이 생겼다.

크기 자체는 지구의 평균적 악어와 비교해도 크게 차이 나지는 않을 것 같았다.

하지만 역시 몬스터답게 지구의 악어와 차이 나는 점이

있었다.

"카, 카즈마! 뭔가 왔어! 그것도 엄청 몰려왔다구!"

이쪽 세계의 악어들은 무리 지어 행동하는 것 같았다.

────정화를 시작하고 네 시간이 경과────

처음에는 물에 담근 여신의 신체에 내재된 정화 능력만 사용하던 아쿠아는 빨리 정화를 끝내고 돌아가고 싶은 건지, 지금은 일사불란하게 정화 마법을 써대고 있었다.

"『퓨리피케이션』! 『퓨리피케이션』! 『퓨리피케이션』!!!"

아쿠아가 들어 있는 강철제 우리를 둘러싼 수많은 악어들이 우리를 물어뜯고 있었다.

"『퓨리피케이션』! 『퓨리피케이션』! 삐걱했어! 삐걱삐걱했다구! 우리가, 우리가 이상한 소리를 내고 있단 말이야!"

아쿠아가 우리 안에서 울부짖고 있지만, 이 상황에서 폭렬 마법을 날릴 수도 없었기에 우리에게는 할 수 있는 일이 없었다.

"아쿠아~! 포기할 거면 언제든지 말해~! 그럼 쇠사슬로 우리를 잡아끌면서 도망칠게~!"

아까부터 우리를 향해 그렇게 외쳤지만, 아쿠아는 겁을 잔뜩 먹었으면서도 퀘스트 포기를 거부했다.

"시, 싫어! 지금 포기하면 지금까지 들인 수고가 부질없어지는 데다, 보수도 받을 수 없단 말이야!『퓨리피케이션』!
『퓨리피케이션』!! 우, 우와아아아아아~! 우지끈했어! 방금
우리에서 나서는 안 되는 소리가 났단 말이야!!"

　우에에에엥 하고 울부짖는 아쿠아를 둘러싼 브루틀 앨리
게이터들은 우리 세 명은 쳐다보지도 않았다.

　그 모습을 본 다크니스가 중얼거렸다.

　"……저 우리 안, 조금은 재미있는 것 같구나……."

　"……들어가려고 하지 마."

　――정화를 시작하고 일곱 시간이 경과――

　호수 가장자리에 너덜너덜해진 우리가 덩그러니 놓여 있
었다.

　브루틀 앨리게이터에게 물어뜯긴 우리는 곳곳에 악어 이
빨 자국이 남아 있었다.

　정화가 완료됐기 때문일까, 브루틀 앨리게이터들은 우리
에서 떨어지더니 산을 향해 헤엄을 쳤다.

　정화 마법을 영창하는 아쿠아의 목소리가 더는 들리지
않았다.

　아니, 한 시간 전부터 악어에게 둘러싸여 있던 아쿠아의
목소리가 들리지 않았다.

　"……어이, 아쿠아. 무사해? 브루틀 앨리게이터들은 전부

딴 데로 갔어."

우리는 우리에 다가간 후, 안에 있는 아쿠아를 살펴보았다.

"……훌쩍…… 흑…… 흐흑……."

무릎을 끌어안고 엉엉 울 바에야, 퀘스트를 포기했으면 좋았을 텐데…….

뭐, 상황이 상황이었던 만큼 저러는 것도 무리는 아니지만 말이다.

"자, 정화가 끝났으니까 돌아가자. 다크니스와 메구밍과 이야기해봤는데, 우리는 이번 보수 안 받을게. 30만 전부 네가 가져."

무릎 사이에 얼굴을 묻고 있던 아쿠아의 어깨가 부르르 떨렸다.

하지만 우리에서 나오려는 기색은 없었다.

"……어이, 이제 그만 우리에서 나와. 이제 악어는 없다고."

내 말을 들은 아쿠아가 조그마한 목소리로 중얼거리는 소리가 들렸다.

"……대로 끌고 가……."

…………응?

"뭐?"

"……우리 밖 세계가 무서우니까, 이대로 마을까지 끌고 가."

……아무래도 이번 퀘스트는 개구리 토벌에 이어 아쿠아

에게 또 트라우마를 심어준 것 같았다.

10

"도나 도나 도나~ 도나~⋯⋯."

"⋯⋯어, 어이, 아쿠아. 이제 마을에 도착했으니까 그 노래 그만 불러. 너덜너덜한 우리 안에서 무릎을 끌어안고 있는 여자를 옮기고 있는 것만으로도 마을 주민들의 주목을 모으고 있거든? 그리고 마을 안은 안전하니까 이제 그만 나오라고."

"싫어. 이 안이야말로 내 성역이야. 바깥 세계는 무서우니까 한동안 안 나갈래."

완전히 아쿠아가 틀어박혀 있는 우리를 말로 끌면서⋯⋯.

무사히 퀘스트를 끝내고 마을로 돌아온 우리는 마을 사람들의 뜨뜻미지근한 시선을 받으며 길드로 향했다.

아쿠아가 한사코 우리에서 나오지 않으려 한 탓에, 말에게 우리를 끌게 하는데도 우리의 이동 속도는 느렸다.

하지만 이번에는 동료 중 한 명에게 트라우마가 생기기는 했지만, 그 외에는 별다른 피해를 입지 않았다.

장비와 마법을 시험해보고 싶었지만, 편하게 퀘스트를 끝내는 편이 훨씬 나았다.

우리답지 않게, 별다른 문제 없이 퀘스트를 무사히 끝냈네…….

내가 그런 플래그가 될 법한 생각을 했기 때문일까.

"여, 여신님?! 여신님이지 않습니까! 그런 데서 뭐 하고 있는 겁니까!"

갑자기 한 남자가 그렇게 외치면서 우리에 틀어박혀 있는 아쿠아를 향해 뛰어가더니, 쇠창살을 움켜잡았다.

녀석은 브루틀 앨리게이터가 물어뜯어도 부서지지 않았던 우리의 쇠창살을 간단히 우그러뜨리더니 안에 있는 아쿠아를 향해 손을 뻗었다.

아연실색하는 나와 메구밍을 곁눈질한 남자는 우리와 마찬가지로 아연실색하고 있는 아쿠아의 손을…….

"……어이, 내 동료의 몸에 함부로 손을 대지 마라. 네놈은 누구지? 아는 사이라고 하기에는 아쿠아가 너를 알아보지 못하는 것 같다만."

아쿠아의 손을 잡으려 하는 남자에게, 다크니스가 다가갔다.

악어에게 둘러싸인 아쿠아를 부러운 듯이 쳐다보던 아까와는 달리, 지금의 다크니스는 소중한 동료를 지키는 방패다운, 그 어디에 내놔도 부끄럽지 않은 크루세이더였다.

……항상 이런 느낌이면 좋을 텐데 말이야…….

남자는 다크니스를 힐끔 쳐다본 후, 한숨을 내쉬면서 고개를 저었다.

　자신은 귀찮은 일에 휘말리고 싶지 않지만 어쩔 수 없다는 듯이 말이다.

　평소 감정을 겉으로 잘 드러내지 않는 다크니스가 그 모습을 보고 짜증을 냈다.

　뭔가 분위기가 요상하게 흘러가는 듯한 느낌이 든 나는 여전히 무릎을 끌어안은 채 우리에서 나오려 하지 않는 아쿠아에게 귓속말을 했다.

　"……어이, 저 녀석은 너와 아는 사이지? 너를 여신님이라고 불렀잖아. 그러니까 네가 저 남자를 어떻게 해봐."

　내가 귓속말로 그렇게 말하자, 아쿠아는 한순간 무슨 소리를 하는 거야? 하고 말하는 듯한 표정을 짓다가…….

　"……아앗! 여신! 그래, 맞아. 나는 여신이야. 그런데? 여신인 내가 이 상황을 어떻게 해주기를 바라는 거지? 어쩔 수 없네!"

　아쿠아는 그제야 우리에서 나왔다.

　이 녀석, 자기가 여신이라는 걸 진짜로 잊고 있었던 건 아니겠지?

　느릿느릿 우리에서 나온 아쿠아는 남자를 보면서 고개를 갸웃거렸다.

　"……너, 누구야?"

아는 사람이 아닌 거냐.

……아, 역시 아는 사이인 것 같았다.

저 남자가 아쿠아의 말을 듣고 눈을 치켜뜨면서 경악했으니까 말이다.

아마, 아쿠아가 잊은 것뿐이리라.

"무슨 소리를 하는 거예요, 여신님! 접니다! 당신이 마검 그람을 하사한 미츠루기 쿄야라고요!!"

"…………뭐?"

아쿠아는 고개를 갸웃거렸지만, 나는 바로 감이 왔다.

애니메이션과 만화의 주요 캐릭터 같은 이름을 지니기는 했지만, 일본식 이름인 걸로 볼 때 아쿠아에게 강력한 장비를 받고 나보다 먼저 이세계로 보내진 녀석이리라.

정의감이 투철해 보이는 남자는 갈색 머리카락을 지닌 상당한 미남이었다.

선명한 푸른빛을 뿜는 비싸 보이는 갑옷을 입고, 허리에는 검은색 검집에 들어 있는 검을 차고 있었다.

그리고 뒤에는 창을 든 전사로 보이는 미소녀와, 가죽 갑옷을 입고 허리에 단검을 찬 미소녀가 있었다.

미츠루기라고 이름을 밝힌 녀석의 나이는 나와 비슷한 또래일까?

남자는 한마디로 말해…….

만화 주인공 같은 녀석이었다.

"아앗! 맞아, 그런 사람도 있었지! 미안해. 완전히 깜빡하고 있었어. 그렇지만 꽤나 많은 사람을 보냈으니 깜빡하는 것도 무리는 아니라구!"

나와 미츠루기의 설명을 듣고서야 아쿠아는 그를 떠올렸다.

약간 표정을 굳히면서도 미츠루기는 아쿠아를 향해 미소를 지었다.

"으음. 오래간만입니다, 아쿠아 님. 저는 당신에게 선택받은 용사로서, 하루하루를 열심히 살고 있어요. 직업은 소드마스터. 레벨은 37까지 올렸죠. ……그런데, 아쿠아 님은 왜 여기 계신 거죠? 아니, 그것보다 왜 우리 안에 갇혀 있었던 겁니까?"

미츠루기는 나를 힐끔힐끔 쳐다보면서 말했다.

아쿠아는 이 녀석에게 너는 선택받은 용사다 같은 소리를 대충 한 후 이세계에 보낸 것일까.

지금까지 존재 자체를 잊고 있었던 걸로 볼 때, 대충 입에서 나오는 대로 지껄여댄 것 같았다.

그것보다 미츠루기에게는 내가 아쿠아를 우리에 가둬둔 것처럼 보였던 걸까?

……뭐, 보통은 그렇게 보였겠지.

본인이 우리에서 나오려고 하지 않았다고 말해봤자, 분명이 녀석은 믿지 않을 것이다.

나도 그런 별종 여신이 있다는 게 두 눈으로 보고도 믿기지 않았다.

나는 자신과 함께 아쿠아가 이세계에 오게 된 경위와, 지금까지 있었던 일을 미츠루기에게 이야기했고…….

"……말도 안 돼. 그런 건 말도 안 된다고! 너 대체 무슨 생각인 거야?! 여신님을 이쪽 세계로 끌고 왔다고?! 게다가 이번 퀘스트에서는 우리에 가둬 호수에 담가?!"

미츠루기는 분노를 터뜨리면서 내 멱살을 잡았다.

그러자 아쿠아가 허둥지둥 그를 말렸다.

"자, 자, 잠깐만! 아니, 나는 꽤 즐거운 하루하루를 보내고 있고, 여기에 같이 오게 된 것도 지금은 거의 개의치 거든? 그리고 마왕을 쓰러뜨리면 돌아갈 수 있다구! 오늘 퀘스트도 무섭기는 했지만 결과적으로는 아무도 다치지 않고 무사히 끝냈잖아. 게다가 퀘스트 보수가 30만이라구, 30만! 그걸 전부 나한테 주기로 했단 말이야!"

그 말을 들은 미츠루기는 연민에 찬 눈길로 아쿠아를 쳐다보았다.

"······아쿠아 님. 이 남자가 당신을 어떻게 구슬린 건지는 모르겠습니다만, 당신은 현재 부당한 취급을 받고 있습니다. 이런 꼴을 당한 대가가 겨우 30만······? 당신은 여신이에요. 그런 당신이 어째서······. 참고로 묻겠는데, 지금은 어디에 묵고 계시죠?"

길 한복판에서 여신 같은 단어 입에 담지 말라고 말하고 싶었지만, 미츠루기가 폭발 직전인 것 같았기에 나는 입 다물고 있었다.

그런데 이 자식, 초면인 사람한테 할 말 못 할 말 안 가리고 입에서 나오는 대로 지껄여대고 있네.

아쿠아에 대해 잘 알지도 못하면서 말이야.

미츠루기의 말을 들은 아쿠아는 우물쭈물하면서 대답했다.

"으, 으음, 동료들과 함께 마구간에서 묵고 있어······."

"예?!"

미츠루기는 내 멱살을 잡은 손에 더욱 힘을 줬다.

아, 아프다고!

그런 미츠루기의 팔을, 다크니스가 옆에서 잡았다.

"어이, 이제 그만 카즈마의 멱살을 놔라. 그리고 좀 전부터 대체 뭐 하는 것이냐. 카즈마와는 초면인 것 같은데, 예의가 없어도 너무 없는 것 아니냐?"

바보 같은 소리를 할 때 외에는 항상 조용한 다크니스가 드물게도 화를 내고 있었다.

고개를 돌려보니 메구밍도 새로 장만한 지팡이를 들고, 금방이라도 폭렬 마법의 영창을…… 어이, 그건 안 돼!

미츠루기는 내 멱살을 놓더니, 흥미 깊은 눈길로 다크니스와 메구밍을 관찰했다.

"……크루세이더와 아크 위저드? ……게다가 꽤 아름다운 사람들이군. 너, 복은 많은 것 같은걸. 그러니 더 문제라고. 너는 아쿠아 님과 이렇게 우수한 인물들을 마구간에서 지내게 하는 게 부끄럽지도 않은 거냐? 좀 전의 이야기에 따르면 직업도 최약체 직업인 모험가라면서?"

이 녀석의 주장만 듣고 있으면, 내가 엄청 축복받은 환경에 있는 것 같은 느낌이 들었다.

우리와 아무런 상관없는 타인 입장에서 본다면 그렇게 보이는 걸까.

나는 아쿠아에게 귓속말로 말했다.

"어이, 이쪽 세계의 모험가는 마구간에서 지내는 게 보통이잖아? 그런데 이 녀석은 왜 이렇게 화를 내는 거야?"

"뻔하잖아. 그에게는 이세계 이주 특전으로써 마검을 줬으니까, 그 덕분에 처음부터 고난이도 퀘스트를 마구 수행해서 지금은 돈이 넘쳐나는 걸 거야. ……뭐, 능력이나 장

비를 받은 인간들은 대부분 그럴걸?"

나는 아쿠아의 대답을 듣고 화가 치솟았다.

공짜로 받은 마검 덕분에 이 세상에서 고생을 모르고 살아가는 녀석에게, 왜 밑바닥에서부터 최선을 다해 살아온 내가 설교를 들어야만 하는 거야.

그런 내 분노를 알 리 없는 미츠루기는 아쿠아와 다크니스, 메구밍을 향해 연민 섞인 미소를 지어 보이면서 말했다.

"너희는 지금까지 고생이 많았겠네. 앞으로는 나와 함께 가자. 그러면 마구간에서 재우지도 않고, 고급 장비품도 얼마든지 사주겠어. 게다가 파티 구조적으로도 밸런스가 잡힐 거야. 소드 마스터인 나, 내 동료 전사와 크루세이더인 너. 그리고 내 동료 도적과 아크 위저드인 저 애와 아쿠아 님. 그야말로 완벽하기 그지없는 파티 구성이군!"

으음, 나는 들어가 있지 않은 것 같은뎁쇼.

뭐, 이 남자의 파티에 들어가고 싶지도 않지만 말이야.

완전 자기 멋대로인 미츠루기가 한 제안을 들은 내 동료 세 사람은 자기들끼리 소곤거렸다.

미츠루기의 성격은 그야말로 자기중심적 용사님 그 자체지만, 대우 자체를 생각하면 나쁘지 않은 제안이었다.

그리고 나보다는 미츠루기를 따라가는 편이 아쿠아의 소망인 마왕 토벌을 달성하기도 쉬울 것이다.

아쿠아는 마왕을 쓰러뜨리지 않으면 천계로 돌아갈 수

없다.

내 이세계 이주 특전으로서 끌려오기는 했지만 다른 전송자와 함께 마왕을 토벌하더라도 분명 돌아갈 수 있으리라.

나는 아쿠아를 비롯한 다른 소녀들이 저 말을 듣고 마음이 흔들렸으려나, 하고 생각하며 등 뒤에서 들리는 대화에 귀를 기울여보니…….

"저 녀석, 위험해. 저 녀석, 완전 질릴 정도로 위험하다구. 멋대로 이야기를 진행하는 데다 나르시시스트 끼도 있어서, 무지 무서워."

"어떻게 하지? 나는 저 남자를 생리적으로 받아들일 수가 없다. 나는 공격하는 것보다 공격받는 것을 좋아하지만, 저 녀석만큼은 마구 때려주고 싶구나."

"쏴버려도 될까요? 저 고생 모르는 엘리트 자식의 면상에다 폭렬 마법을 날려도 될까요?"

어이쿠, 평이 엄청 나쁘신뎁쇼. 미츠루기 씨.

아쿠아는 내 옷자락을 잡아당겼다.

"저기, 카즈마. 빨리 길드에 가자. 응? 저 사람에게 마검을 준 내가 이런 말을 하는 것도 좀 그렇지만, 저 사람과는 가능한 한 얽히지 않는 편이 좋을 것 같은 느낌이 들어."

솔직히 말해 짜증 나는 녀석이지만, 일단 아쿠아의 말대로 하는 편이 좋을 것 같았다.

"으음, 우리 동료들은 만장일치로 당신의 파티에는 들어가지 않겠다고 하네요. 우리는 퀘스트 완료 보고를 하러 가야 하니까, 그럼 이만⋯⋯."

내가 그렇게 말한 후, 우리를 끄는 말을 잡아끌면서 이곳을 벗어나려 했다.

⋯⋯⋯⋯⋯.

"⋯⋯비켜주지 않겠어요?"

내 앞을 막아선 미츠루기를 향해, 나는 짜증 섞인 목소리로 말했다.

어쩌지? 이 사람, 남의 말에 귀를 기울이지 않는 타입이다.

"미안하지만 나에게 마검을 주신 아쿠아 님이 이런 힘든 생활을 하시는 걸 알고 가만히 있을 수는 없어. 너는 이 세계를 구할 수 없어. 마왕을 쓰러뜨리는 건 바로 나야. 아쿠아 님은 나와 함께 다니는 편이 훨씬 나으실 거다. ⋯⋯너는 이쪽 세계에 가지고 오는 것으로서 아쿠아 님을 선택했다고 했지?"

"⋯⋯그래."

만화에서 이런 상황이 자주 나왔기에, 이제부터 무슨 일이 일어날지 감이 왔다.

이 녀석은, 이제, 분명⋯⋯⋯⋯!

"그럼 나와 승부를 하지 않겠어? 너는 아쿠아 님을 이세계에 가지고 갈 『것』으로 지정했지? 만약 승부를 해서 내가 이긴다면 아쿠아 님을 나에게 양보해줘. 네가 이긴다면 뭐든 한 가지 네가 원하는 대로 다 해주지.”

“좋아!! 그럼 간다!”

예상대로였다.

인내심이 바닥났던 나는 그 말을 듣자마자 바로 달려들었다.

나는 왼손 손가락을 꼼지락거리면서 오른손으로 소검을 검집째 뽑아 든 후, 그대로 달려들었다.

선수필승! 승부에 비겁하고 자시고가 어디 있냐고!

마검을 소유한 고 레벨 소드 마스터 님이 장비가 빈약한 풋내기 모험가에게 도전하는 게 더 비겁하다고!

미츠루기도 내가 대답과 동시에 덤벼들 거라고는 생각도 못 한 것 같았다.

“어?! 잠깐! 기다……?!”

미츠루기는 당황했지만, 그래도 역시 고 레벨 모험가였다.

반사적으로 허리에 찬 마검을 뽑더니, 그것을 옆으로 들어 내 소검을 막아내려 했다.

오른손에 쥔 소검이 마검에 닿기 직전, 나는 왼손을 내밀면서……!

“『스틸』!!!”

고함을 지른 순간, 왼손에서 묵직한 검의 감촉이 느껴

졌다.

아무래도 바로 대박을 터뜨린 것 같았다.

미츠루기가 내 소검을 막기 위해 뽑아 들었던 마검이 사라진 것이다.

"""어?"""

그 얼간이 같은 목소리는 대체 누구의 것일까.

이 자리에 있는 나 이외의 인물 전원의 목소리였을지도 모른다.

절도 스킬을 이용한 내 공격에 완벽하게 당한 미츠루기는 내가 휘두른 소검에 머리를 정통으로 맞고 말았다.

"비겁자! 비겁자비겁자비겁자~!"

"너, 정말 최악이네! 쓰레기! 이 비겁자! 정정당당하게 승부하란 말이야!"

미츠루기의 동료인 두 소녀가 나를 매도했다.

나는 그 말들을 가만히 듣고 있었다.

검집에 싸여 있었다고는 해도 무거운 쇼트 소드로 머리를 강타당해 눈이 까뒤집어진 미츠루기는 웃긴 포즈를 취한 채 쓰러져 있었다.

나는 항의하는 두 소녀를 향해 일방적으로 말했다.

"내가 이겼지? 이 녀석, 자기가 지면 내가 원하는 대로 하겠다고 했잖아? 그럼 이 마검을 받아 가겠어."

그 말을 들은 미츠루기의 동료 중 한 명이 고함을 질렀다.

"뭐?! 바, 바보 같은 소리 하지 마! 그리고 그 마검은 쿄야만이 다룰 수 있어. 마검은 주인을 선택한단 말이야. 그 마검은 쿄야를 주인으로 인정했거든? 너는 마검의 가호를 받을 수 없어!"

그 소녀가 자신만만한 목소리로 그렇게 말하자, 나는 아쿠아를 쳐다보았다.

"……진짜야? 이 전리품, 나는 쓸 수 없는 거야? 모처럼 강력한 장비를 얻었다고 생각했는데 말이야."

"진짜야. 유감이지만 마검 그람은 저 나르시시스트 전용이야. 장비한 사람에게 인간의 한계를 초월한 완력을 줄 뿐만 아니라 바위든 철이든 싹둑 베는 마검이지만, 카즈마가 장비해선 평범한 검에 불과해."

맙소사…….

뭐, 그래도 전리품이니 받아둘까.

"그럼 이 녀석이 일어나면 네가 하자고 한 승부니 나를 원망하지 말라고 전해줘. ……그럼 아쿠아. 길드에 보고하러 가자."

내가 뒤돌아서자, 미츠루기의 동료들이 무기를 뽑아 들었다.

"자자자, 잠깐만 기다려!"

"쿄야의 마검을 돌려줘. 이딴 승부, 우리는 인정할 수 없어!"

나는 그 두 소녀를 향해 내민 손을 꼼지락거리면서 말했다.

"뭐, 좋아. 하지만 진정한 남녀평등 주의자인 나는 여자애에게도 드롭킥을 날릴 만큼 평등한 남자야. 봐줄 거라고 생각하지는 말라고. 그럼 이런 길 한복판에서 여자애들에게 내 스틸을 작렬시켜볼까."

내 손을 본 두 소녀는 다른 의미에서의 위험을 감지했는지 불안한 표정을 지으며 뒷걸음질 쳤다.

""""우와아………….""""

그런 나한테 질린 듯한 동료들의 시선이 무지 따갑습니다.

우리들은 빌린 우리를 끌고 겨우 길드로 돌아왔다.

보수는 전부 아쿠아에게 주기로 했기에 퀘스트 완료 보고는 다른 이들에게 맡겼다. 그리고 나는 말을 돌려주고, 전리품인 마검을 들고 어딘가에 들른 후, 다른 이들보다 늦게 모험가 길드 앞에 도착했다.

…………그런데…….

"어, 어째서야아아아아아아앗!"

길드 안에서 아쿠아의 고함 소리가 흘러 나왔다.

녀석은 소동을 일으키지 않으면 직성이 풀리지 않는 걸까.

안에 들어가 보니, 울상이 된 아쿠아가 길드 직원의 멱살을 잡고 있었다.

"그러니까, 우리를 부순 건 내가 아니라고 말했잖아! 미츠루기라는 사람이 우리를 저렇게 만들었다구! 그런데 왜 내가 변상해야 하는 건데!"

아하, 그러고 보니 그 녀석은 우리의 쇠창살을 우그러뜨린 후, 아쿠아를 꺼내려고 했지.

그 탓에 아쿠아는 부서진 우리를 변상하게 된 것 같았다.

아쿠아는 한동안 끈질기게 버텼지만, 결국 포기했는지 보수를 받은 후 우리가 있는 테이블로 돌아왔다.

"……이번 보수에서 부서진 우리 값을 제하면 10만 에리스밖에 안 된대……. 그 우리는 특수한 금속과 제조법으로 만든 거라서 20만이나 한다더라구……."

침울해하는 아쿠아를 보니, 약간 동정심이 느껴졌다.

뜬금없이 나타난 미츠루기 때문에 아쿠아만 잔뜩 손해를 본 것이다.

"그 남자, 다음에 만나면 갓 블로를 먹여줄 거야! 그리고 우리도 변상하게 할 거라구!!"

아쿠아는 자리에 앉더니 메뉴판을 움켜쥐면서 이를 갈았다.

나는 이제 그 녀석과 만나고 싶지 않지만 말이다.

······아쿠아가 분통을 터뜨리고 있을 때······.

"여기 있었구나! 드디어 찾았다, 사토 카즈마!"

길드 입구를 보니, 방금 언급했던 미츠루기가 동료인 두 소녀와 함께 서 있었다.

가르쳐주지도 않았던 내 풀 네임을 외친 미츠루기는 우리가 있는 테이블을 향해 걸어오더니, 손바닥으로 테이블을 내려치면서 말했다.

"사토 카즈마! 너에 관한 건 어떤 여자 도적이 가르쳐줬어. 팬티 벗기기 마(魔)라면서? 그 외에도 여자애를 점액 범벅으로 만드는 게 취미라더군. 너, 귀축의 카즈마라는 호칭으로 사람들 사이에서 소문이 자자하던걸?"

"잠깐만. 대체 누가 그런 소문을 퍼뜨린 건지 자세하게 말해봐."

도적은 짐작이 되지만, 다른 게 문제였다.

내가 모르는 사이에, 내가 귀축이라는 말도 안 되는 소문이 퍼지다니······!

진지한 표정으로 나에게 다가오려 하는 미츠루기를, 아쿠아가 막아섰다.

"······아쿠아 님. 저는 이 남자에게서 마검을 되찾은 후,

반드시 마왕을 쓰러뜨릴 것을 맹세하겠습니다. 그러니…….
그러니, 부디 제 파티쿠어억?!"

""앗?! 쿄야!""

아쿠아가 아무 말 없이 휘두른 주먹에 맞은 미츠루기는
그대로 날아갔다.

바닥을 구르고 있는 미츠루기에게 두 동료가 허둥지둥 달
려갔다.

아쿠아는 왜 두들겨 맞은 것인지 영문을 모르겠다는 표
정을 짓고 있는 미츠루기의 멱살을 잡으면서 외쳤다.

"네가 박살 낸 우리 값 내놔! 네가 부순 우리를 내가 변
상했다구! 내가 얼마나 변상했는지 알아?! 30만이야, 30
만! 그 우리는 특수한 금속과 제조법으로 만든 거라 비싸다
더라구! 자, 그러니까 빨리 30만 내놔!"

방금 그 우리는 20만이라고 하지 않았어?

두들겨 맞은 곳을 문지르던 미츠루기는 아쿠아에게 압도
당했는지 엉덩방아를 찧은 듯한 자세로 순순히 지갑에서
돈을 꺼냈다.

미츠루기에게서 돈을 받은 아쿠아는 기뻐서 어쩔 줄 모
르겠다는 표정을 지으면서 메뉴판을 다시 쥐었다.

그제야 정신을 차린 미츠루기는 기분 좋은 얼굴로 메뉴

판을 한 손에 든 채 점원을 부르는 아쿠아를 신경 쓰면서 나에게 분해 죽겠다는 듯한 목소리로 말했다.

"……야비한 방식에 당했더라도, 내가 진 건 사실이야. 그리고 네가 원하는 대로 다 해주겠다고 말했으면서, 이런 부탁을 하는 게 염치없다는 것도 알아. ……하지만, 부탁해! 마검을 돌려줘! 그건 네가 가지고 있어봤자 아무 짝에도 쓸모가 없어. 네가 써봤자 다른 검보다 날이 잘 드는 정도의 위력밖에 내지 못해. ……그러니, 어때? 검을 원한다면 무기 상점에서 파는 가장 좋은 검을 사줄게. ……그러니 돌려주지 않겠어?"

본인도 말했지만, 정말 염치없는 소리다.

아무리 쓸모없는 애라고 해도, 아쿠아는 이세계 이주 특전으로서 나를 따라온 덤 같은 것이다.

그 말은 나도 방금 전의 승부 때 미츠루기가 지닌 마검에 버금가는 특전을 건 것이다.

아쿠아가 마검에 버금갈 만큼 쓸모가 있는지 누가 묻는다면 입을 다물 수밖에 없겠지만 말이다.

"나를 멋대로 경품으로 걸어놓고, 지니까 좋은 검을 사줄 테니 마검을 돌려달라니, 너무 뻔뻔한 거 아냐? 아니면 내 가치는 무기 상점에서 파는 가장 좋은 검 정도밖에 안 된다는 거야? 정말 무례하기 그지없는 놈이네! 신을 내기의 대상으로 삼다니, 머릿속이 어떻게 되어먹은 거죠~? 얼굴도

보고 싶지 않으니까 꺼져. 빨리 꺼지라구!"

메뉴판을 한 손에 쥔 아쿠아가 다른 한 손을 내저으면서 그렇게 말하자, 미츠루기의 얼굴이 새파랗게 질렸다.

뭐, 멋대로 일을 벌려놓고 이제 와서 이런 소리를 하니 아쿠아가 화내는 것도 무리는 아니다.

"자자자, 잠깐만요, 아쿠아 님! 저는 당신의 가치를 낮게 보는 것이 아니라……!"

바로 그때, 메구밍이 당황한 미츠루기의 소매를 잡아당겼다.

"……음? 아가씨, 뭐죠……?"

미츠루기의 주의를 끈 메구밍은 나를 손가락으로 가리켰다.

정확하게는 내 허리춤을 말이다.

"……우선, 이 남자가 이미 마검을 가지고 있지 않다는 점에 대해서 생각해봐야 하지 않을까요?!"

"윽?!"

그제야 그 사실을 깨달은 미츠루기는…….

"사, 사토 카즈마! 마검은?! 내내내, 내 마검은 어디 있지?!"

진땀으로 범벅이 된 얼굴로 나에게 매달렸다.

그런 그에게 나는 말했다.

"팔았어."

"젠자아아아아아아아아앙!"

미츠루기는 울면서 길드를 뛰쳐나갔다.

"……저 녀석, 대체 뭐 하러 온 거냐? ……그것보다, 아쿠아를 여신이라고 부르던데, 그건 대체 무슨 소리지?"

미츠루기가 울면서 길드를 뛰쳐나간 후.

좀 전의 소동 때문에 모험가들이 우리를 호기심 어린 눈길로 쳐다보는 가운데, 다크니스가 말했다.

……뭐, 저렇게 여신님 여신님 하고 외쳐댔으니 궁금해하는 게 당연한가.

이렇게 됐으니 메구밍과 다크니스에게는 사실대로 말하는 편이 좋으려나?

내가 아쿠아에게 시선을 보내자, 그녀는 동의한다는 듯이 고개를 끄덕였다.

그리고 아쿠아는 그녀답지 않게 진지한 표정을 지으면서 다크니스와 메구밍을 쳐다보았다.

다크니스와 메구밍도 아쿠아의 평소와 다른 분위기를 감지하고 진지한 표정을 지었다…….

"지금까지는 비밀로 하고 있었지만, 너희에게는 말해줄게. ……나는 아쿠아. 아쿠시즈 교단이 숭배하는, 물을 관장하는 여신. ……내가 바로 그 여신 아쿠아야……!"

““그런 꿈을 꿨구나.””

"아냐! 너희 둘, 왜 하모니까지 이뤄가면서 부정하는 거야!"

……뭐, 이럴 줄 알았다니깐…….

바로 그때였다.

『긴급! 긴급! 모든 모험가 여러분은 즉시 무장을 한 후, 전투태세를 갖추고 마을 정문에 모여주십시오!』

이제는 귀에 익은, 긴급 상황을 알리는 안내 방송이 주위에 울려 퍼졌다.

"또야……? 요즘 긴급 호출이 많네."

안 가면 안 되려나?

안 되겠지? 하지만 미츠루기와 방금 그런 소동을 벌인 후라서 그런지 귀찮네…….

내가 그런 생각을 하면서 의자에 앉아 빈둥거리고 있을 때…….

『긴급! 긴급! 모든 모험가 여러분은 즉시 무장을 한 후, 전투태세를 갖추고 마을 정문에 모여주십시오! ……특히 모험가 사토 카즈마 씨와 그 일행 분들은 서둘러주세요!』

"…………어."

방금 뭐라고 했지?

제4장 이 변변찮은 싸움에 종지부를!

1

나는 허둥지둥 정문 앞을 향해 뛰어갔다.

장비가 가벼운 나를 필두로, 아쿠아와 메구밍도 문 앞에 도착했지만, 중장비인 다크니스는 도착이 늦어지고 있었다.

"아, 역시 또 저 녀석이구나."

우리가 마을 앞 정문에 도착하자, 거기에는 이미 다수의 모험가가 모여 있었다.

그리고 많은 풋내기 모험가들이 멀찍이 떨어진 곳에서 지켜보고 있는 가운데, 마을 정문 앞에는 그 녀석이 있었다.

그렇다. 마왕군 간부인 듈라한이었다.

먼저 와 있던 모험가들의 안색이 좋지 않은 이유는 듈라한의 뒤편을 보니 알 수 있었다.

저 듈라한, 오늘은 지난번과 달리 수많은 몬스터들을 이 끌고 온 것이다.

몬스터들은 녹슬고 너덜너덜해진 갑옷을 걸친 기사들이

었다.

갑옷과 투구 사이로, 똑바로 쳐다봤다간 한동안 밥을 못 먹게 될 정도의 트라우마가 될 듯한 썩은 육체가 보였다.

그 갑옷 기사들이 언데드라는 것은 한눈에 알 수 있었다.

듈라한은 나와 메구밍의 모습을 보자마자 다짜고짜 이렇게 외쳤다.

"왜 성에 오지 않는 것이냐, 이 인간말종들아아아아아아앗!!"

나는 메구밍을 감싸듯 앞으로 나서면서 듈라한에게 물었다.

"으음…… 왜 성에 안 오냐고? 우리가 왜 가야 하는데? 대체 우리가 왜 인간말종이라는 거야? 그리고 네 성에 폭렬 마법을 날리지 않는데 왜 그렇게 화가 난 거냐고."

내 말을 듣고 화가 난 듈라한이 무심코 들고 있던 것을 지면을 향해 내던지……려다, 그것이 자신의 머리라는 사실을 알고 허둥지둥 옆구리에 꼈다.

"폭렬 마법을 날리지 않아? 날리지 않았다고?! 무슨 뻔뻔한 소리를 하는 것이냐! 저 정신 나간 홍마족 계집은 그 후로도 매일같이 성에 와서 폭렬 마법을 날려대고 있단 말이다!"

"뭐?"

그 말을 들은 나는 옆에 있는 메구밍을 쳐다보았다.

메구밍은 고개를 돌렸다.

"…………너, 갔던 거야? 내가 가지 말라고 했는데, 또 갔던 거냐고!"

"아야야야야야, 아, 아파요! 오해예요! 제 말 좀 들어봐요, 카즈마! 지금까지는 아무것도 없는 황야에 마법을 날리는 걸로도 참을 수 있었지만……! 성을 마법으로 공격하는 재미를 안 다음부터는, 크고 단단한 것이 아니면 만족할 수 없는 몸이……!"

"몸을 배배 꼬면서 그딴 소리 하지 마! 그리고 너는 폭렬마법을 쓴 후에는 움직이지 못하게 되잖아! 그러니 같이 간 공범자가 있겠네! 대체 누가…………."

메구밍의 볼을 잡아당기며 내가 그렇게 외치자, 아쿠아가 고개를 돌렸다.

…………

"너였냐아아아아아아아아앗!"

"우와아아아아아아아~! 그렇지만, 그렇지만, 저 둘라한 때문에 퀘스트가 확 줄어버렸잖아! 그 분풀이를 하고 싶었다구! 나는 저 녀석 때문에 매일같이 가게 점장님에게 꾸중을 듣고 있단 말이야!"

아르바이트하는 가게에서 혼나는 건 네가 일을 제대로 못하기 때문이잖아.

도망치려고 하는 아쿠아의 멱살을 내가 잡았을 때, 듈라한이 말했다.

 "내가 열 받은 건 폭렬 마법 때문만이 아니다! 네놈들은 동료를 구하려는 마음이 없는 것이냐? 부당한 이유로 처형당한 원념에 의해 이렇게 몬스터화하기 전만 해도, 나는 어엿한 기사였다. 그런 내 입장에서 한마디 하자면, 동료를 감싼 끝에 저주에 걸린, 기사의 귀감이라 해도 과언이 아닌 그 크루세이더를 죽게 내버려 두다니⋯⋯⋯⋯!"

 듈라한이 거기까지 말한 순간.

 무거운 갑옷을 걸친 탓에 그제야 도착한 다크니스가 내 옆에 섰다.

 기사의 귀감이라는 칭찬을 받고 얼굴을 붉힌 다크니스와 듈라한은 시선을 마주했다.

 "⋯⋯아, 안녕⋯⋯."

 다크니스는 미안해하듯 우물쭈물하면서 듈라한을 향해 한 손을 들어 보였고⋯⋯.

 "⋯⋯⋯⋯어, 어라――――――?!"

 그 모습을 본 듈라한은 얼빠진 소리를 냈다.

 투구 때문에 표정은 보이지 않지만 아마, 어째서?! 라고 말하는 듯한 표정을 짓고 있으리라.

"어라라? 저주에 걸린 다크니스가 일주일이 지났는데도 쌩쌩해서 놀란 거야? 이 듈라한, 우리가 저주를 풀기 위해 성에 올 줄 알고 계속 기다리고 있었던 거 아냐? 자기가 돌아간 후에 바로 저주를 풀었다는 것도 모르고? 푸푸푸푸 품! 웃기네! 배꼽 잡을 정도로 웃기다구!"

아쿠아는 듈라한을 손가락으로 가리키면서 즐거워 죽겠다는 듯이 웃어댔다.

여전히 표정은 보이지 않지만, 듈라한이 부들부들 떨고 있는 걸로 볼 때 엄청 화난 것 같았다.

하지만 아쿠아가 저주를 푼 이상, 함정을 쳐뒀을 게 뻔한 위험한 장소에 일부러 갈 이유가 없다.

"……어이, 네놈. 내가 마음만 먹으면 이 마을의 모험가들을 한 명도 남김없이 베어버린 후, 이 마을 사람들도 몰살시킬 수도 있다. 내가 계속 너희를 봐줄 거라고 생각하지 마라. 너희 같은 풋내기 모험가들은 피로를 모르는 내 불사신 육체에 생채기 하나 낼 수 없다!"

아쿠아의 도발 때문에 열이 제대로 받은 듯한 듈라한은 불온한 분위기를 자아냈다.

하지만 듈라한이 뭔가를 하기도 전에, 아쿠아가 오른손을 앞으로 내밀면서 고함을 질렀다.

"봐줄 이유가 없는 건 이쪽이야! 이번에는 놓치지 않겠어. 언데드 주제에 이렇게 주목을 모으다니 정말 건방지네!

사라져버리라구, 『턴 언데드』!"

아쿠아가 내민 손에서 새하얀 빛이 뿜어져 나왔다.

하지만 아쿠아가 마법을 펼치는 모습을 보고도, 듈라한은 그런 걸 맞아봤자 아무렇지도 않다는 듯이 피하려고도 하지 않았다.

역시 마왕군 간부답게 자신감이 넘치는 것 같았다.

아쿠아를 중심으로 뿜어져 나온 빛이 듈라한의 몸을 감쌌고……!

"마왕군 간부가 프리스트 대책도 세우지 않고 전장에 나왔을 것 같나? 유감이군. 나를 비롯해 내가 이끄는 이 언데드 나이트 군단은 마왕님의 가호 덕분에 신성 마법에 대한 강한 저항력으갸아아아아아아아아아아아아아아아아아아~!!"

빛을 쬔 듈라한의 몸에서 검은 연기가 피어오르기 시작했다.

자신만만하던 듈라한은 몸 곳곳에서 검은 연기가 피어나오자, 몸을 부르르 떨면서도 참았다.

그 모습을 본 아쿠아가 외쳤다.

"저, 저기, 카즈마! 이상해! 내 마법이 안 통한다구!"

아니, 꽤 통한 것 같은데? 으갸아~ 하고 비명도 질렀으니까 말이야…….

듈라한은 비틀거리면서 말했다.

"크, 크크큭……. 설명은 끝까지 들어라. 나는 베르디아. 마왕군 간부 중 한 명인 듈라한, 베르디아다! 마왕님께서 특별한 가호를 내려주신 이 갑옷, 그리고 내 힘 덕분에 웬만한 프리스트의 턴 언데드는 통하지 않는다! ……통하지 않는다만…………. 어, 어이, 너. 너 대체 레벨이 몇이냐? 정말 풋내기 맞아? 여기 풋내기가 모이는 마을 맞지?"

그렇게 말한 듈라한은 아쿠아를 쳐다보고 있는 손바닥 위의 머리를 기울였다.

고개를 갸웃거린 걸까.

"……뭐, 좋다. 원래는 이 주변에 강력한 빛이 떨어졌다고 우리 쪽 점술사가 하도 떠들어대서 조사하러 온 거다만……. 귀찮군. 그냥 이 마을 자체를 아예 없애버리도록 할까……."

퉁●이에게 버금갈 만큼 불합리한 소리를 한 베르디아는 왼손으로 자신의 목을 들더니, 오른손을 치켜들었다.

"흥. 내가 직접 상대해줄 필요도 없겠지. ……자, 애들아! 나를 업신여긴 놈들에게 지옥이라는 것을 보여줘라!"

"앗! 저 녀석, 아쿠아의 마법이 통해서 겁먹은 게 분명해! 그래서 자기는 빠지고 부하들에게 공격을 시키는 거야!"

"그그그, 그렇지 않다! 처음부터 이럴 생각이었던 거다! 마왕군의 간부가 그런 얼간이일 리가 없지 않으냐! 처음부터 보스와 싸워서 어쩌자는 거냐. 우선 졸개들을 정리한 후, 보스 앞에 선다. 그것이 옛날부터 내려온 전통……."

"『세이크리드 턴 언데드』~!"

"끼야아아아아아아아아아아~!"

무슨 말을 하던 베르디아가 아쿠아가 펼친 마법을 맞고 비명을 질렀다.

베르디아의 발치에 새하얀 마법진이 생기더니, 거기서부터 하늘을 향해 빛이 솟아올랐다.

베르디아는 갑옷 곳곳에서 검은 연기가 뿜어져 나오자, 마치 몸에 붙은 불이라도 끄듯 지면 위를 데굴데굴 굴러다녔다.

아쿠아는 당황한 목소리로 말했다.

"카, 카즈마, 어쩌지?! 진짜로 이상해! 저 녀석, 내 마법이 전혀 통하지 않는다구!"

끼야아~ 하고 외쳐대는 걸 보면 엄청 통한 것 같은데 말이야.

아, 그러고 보니 턴 언데드는 원래 일격에 언데드를 소멸시키는 거였지.

하지만……

"이, 이익……! 남이 대사를 날리면 끝까지 들어보란 말이다! 에이, 됐다! 어이, 얘들아……"

검은 연기를 뿜으면서도 천천히 몸을 일으킨 베르디아는 오른손을 치켜들더니…….

"이 마을 놈들을…… 다 죽여버려라!"

그 오른손을 아래로 휘둘렀다!

2

언데드 나이트.

그것은 좀비의 상위 호환 몬스터다.

너덜너덜한 갑옷을 입은 녀석들은 풋내기 모험가에게 있어 충분히 위협적인 적이다.

"우왓~?! 프리스트! 프리스트를 불러~!"

"누가 에리스교의 교회에 가서 성수를 있는 대로 받아 와아아앗!"

이곳저곳에서 모험가들의 절박한 목소리가 울려 퍼지는 가운데, 언데드 나이트들이 마을 안으로 침입했다.

모험가들은 몬스터들과 맞서 싸우려 했다.

그리고 그런 그들을 비웃는 베르디아의 웃음소리가 울려 퍼졌다……!

"크하하하하! 자, 너희의 절망에 찬 절규를 나에게……. ……나……에게……?"

……웃음소리가 울려 퍼지는 가운데―.

"와, 와아아아아~! 왜 나만 노리는 거야?! 나는, 여신인데! 신이라서, 평소 행실도 좋은데!"

"아앗?! 너, 너무하다! 나도 평소 행실이 좋은 편일 텐데, 왜 언데드 나이트들이 아쿠아만 노리는 것이냐……!"

전혀 신답지 않은 소리를 하는 아쿠아와, 언데드 나이트에게 쫓기는 그녀가 부럽다는 듯이 어이없는 소리를 해대는 다크니스.

언데드 나이트들은 마을 주민들은 안중에 없다는 듯이, 아쿠아만 죽어라 쫓아다니고 있었다.

"어, 어이, 너희들! 그딴 일개 프리스트는 내버려 두고 다른 모험가나 마을 주민들을 노리란 말이다……!"

그 모습을 본 베르디아가 당황한 듯한 목소리로 그렇게 외쳤다.

의지를 지니지 못한 하급 언데드들은 본능적으로 여신인 아쿠아에게 구원을 바라며 몰려들고 있는 것일까.

왜 아쿠아가 언데드에게 쫓기는 건지는 모르겠지만, 지금이 기회다!

"어이, 메구밍! 저 언데드 나이트 무리를 폭렬 마법으로 쓸어버릴 수 있겠어?!"

"예엣?! 마을 안인데다 저렇게 흩어져 있어서는 한 번에 다 해치우는 건 힘들 것 같은데요……!"

바로 그때였다.

"우와아아앙, 카즈마 씨~! 카즈마 씨~!!"

아쿠아가 수많은 언데드 나이트들에게 쫓기면서 나를 향

해 뛰어왔다.

잠깐……!

"이 바보! 어이, 이쪽으로 오지 마! 저쪽으로 가면 오늘 저녁은 내가 쏠게!"

"내가 저녁을 쏠 테니까 이 언데드들 좀 어떻게 해봐! 이 언데드들, 이상해! 턴 언데드로도 없앨 수가 없어!"

젠장, 베르디아가 말했던 마왕의 가호라는 것 때문인가……!

아니, 잠깐만 있어봐…….

"메구밍, 마을 밖에서 마법을 영창하면서 대기하고 있어!"

"예엣? ……아, 알았어요!"

메구밍의 대답을 들은 후, 나와 아쿠아는 언데드 나이트들에게 쫓기면서 마을 밖으로 향했다.

그것도 일부러 언데드 나이트와 전투 중인 모험가들 근처를 지나며 가능한 한 많은 언데드 나이트가 아쿠아를 쫓게 하면서 말이다…….

그리고……!

"카즈마 씨~! 왠지, 왠지 말이에요! 이 마을 안에 있는 모든 언데드 나이트가 나를 쫓아오고 있는 것 같은데요~!"

뒤를 돌아보니, 아쿠아의 등 뒤에 있는 수많은 언데드 나이트가 눈에 들어왔다.

　나와 아쿠아가 마을 밖으로 나가자, 언데드 나이트들도 마을 밖으로 나왔다. 바로 그 순간—.

　"메구밍, 지금이야!"

　내 말을 들은 메구밍이 안대를 벗으면서 지팡이를 들더니, 두 눈동자를 반짝였다.

　"그야말로 절호의 시추에이션! 고마워요. 진심으로 감사해요, 카즈마! ……내 이름은 메구밍! 홍마족 제일의 마법사이자 폭렬 마법을 펼치는 자! 마왕군 간부, 베르디아여! 나의 힘을 똑똑히 봐둬라!『익스플로전』——!"

　메구밍이 날린 회심의 폭렬 마법이 언데드 나이트 무리의 한가운데에 작렬했다.

3

　마을 정문 바로 앞에 거대한 구덩이를 만들면서, 언데드 나이트를 한 마리도 남김없이 날려버린 폭렬 마법.

　누구나 다 그 마법의 위력을 보고 침묵에 잠겨 있을 때…….

　"크크큭……. 내 폭렬 마법의 위력을 보고, 입에서 말이 나오지 않는가 보군요……. 하아아……. 방금 한 말도 그렇

고, 정말…… 기분 좋았어요……."

메구밍의 의기양양한 목소리가 들렸다.

"…………업어줄까?"

"아, 부탁해요. 그리고 만족스럽게 움직일 수 없어서 그러는데, 안대 좀 채워주시겠어요?"

약간 떨어진 곳에는 마력을 전부 사용한 탓에 움직일 수가 없는 메구밍이 쓰러져 있었다.

나는 그런 메구밍에게 안대를 채워준 후, 등에 업었다.

"입안에……, 입안에 흙먼지가 잔뜩 들어갔어……!"

언데드 나이트와 가장 가까운 곳에 있던 아쿠아는 울먹거리면서 입안에 있는 흙먼지를 뱉어내며, 나를 향해 걸어왔다.

폭렬 마법의 여파에 휘말려 지면을 구른 것 같았다.

아직도 연기가 자욱한 가운데, 마을 안에 있던 모험가들이 환성을 질렀다.

"우오오오오오오오! 꽤 하잖아, 머리가 이상한 꼬맹이!"

"머리가 이상한 홍마족 꼬맹이가 해냈다고!"

"이름과 머리가 이상하기는 하지만, 할 때는 하잖아. 다시 봤어!"

마을에서 터져 나온 환성을 들은 메구밍은 내 등 뒤에서 몸을 꿈틀거렸다.

"저 사람들에게 폭렬 마법을 좀 날려주고 싶어서 그러는데, 저 사람들 근처까지 데려다 주세요."

"이미 마력을 전부 다 썼잖아. 오늘은 큰 활약을 했으니까 가슴 쫙 펴고 푹 쉬어. ……수고했어."

내 말을 들은 메구밍은 안심한 것처럼 내 등에 몸을 기댔다.

그러자 등에 부드러운 무언가가…….

무언가……가…………?

……일단 가슴을 대고 있는 것 같지만, 별다른 감촉이 느껴지지 않는데…….

……뭐, 로리 소녀니 어쩔 수 없나.

"홍마족은 지능이 엄청 좋아요."

메구밍이 갑자기 내 등에 기댄 채 그런 말을 했다.

"……지금 카즈마가 어떤 생각을 하고 있는지 맞춰볼까요?"

"……메구밍은 보기보다 볼륨감이 있네~ 라고 생각했어."

뻔히 티 나는 빈말을 하자, 메구밍은 내 목을 조르려고 했다.

그리고 마을 입구에 있는 베르디아가 그런 우리를 지그시 쳐다보고 있었다.

정확하게 말하자면, 내 등에 업혀 있는 메구밍을 말이다.

이윽고 베르디아는 어깨를 부들부들 떨기 시작했다.

부하 언데드들이 전멸해서 화가 난 것일까.

…………그렇지 않다.

"크하하하하! 재미있군! 재미있어! 설마 이 풋내기 마을 놈들이 내 부하들을 진짜로 전멸시킬 거라고는 꿈에도 생각하지 못했다! 좋다. 그럼 약속대로!"

……어이, 잠깐만 있어봐.

잠깐만 있어보라고!

"내가 직접 네놈들을 상대해주마!"

마을 입구에 있던 베르디아가 대검을 뽑아 들며 우리를 향해 돌진했다!

4

베르디아가 우리 곁에 도착하는 것보다 먼저…….

다수의 모험가들이 무기를 쥔 채 표적이 된 우리를 엄호하듯 베르디아를 멀찍이서 포위했다.

그 모습을 본 베르디아가 한 손에 머리를, 그리고 다른 손에 검을 쥔 채 유쾌하다는 듯이 어깨를 으쓱했다.

"……호오? 내 최대의 표적은 저기 있는 녀석들이다만……. ……크큭, 만에 하나라도 나를 해치울 수 있다면 엄청난 보수를 받을 수 있겠지. ……자아, 일확천금을 꿈꾸는 풋내기 모험가들이여. 한꺼번에 덤벼봐라!"

일확천금이라는 말을 들은 순간, 서서히 포위망을 좁히던 모험가들이 술렁거렸다.

그리고 전사로 보이는 한 남자가…….

"어이, 제아무리 강해봤자 등에 눈이 달리지는 않았을 거야! 포위한 후 동시에 덮치자!"

베르디아의 옆에 서더니 주위에 있는 모험가들을 향해 외쳤다.

완벽한 사망 플래그였다.

"어이, 상대는 마왕군의 간부야! 그런 단순한 방법으로 쉽게 쓰러뜨릴 수 있을 리가 없잖아!"

내가 사망 플래그를 세운 남자에게 경고했다.

그와 동시에 나도 그들을 엄호하기 위해 검을…….

…………아니, 잘 생각해봐. 초 저 레벨인 내가 달려들어 봤자 결과는 뻔하다.

게다가, 지금은 업고 있는 메구밍을 안전한 장소로 옮겨야…….

……옮긴 후에는 어떻게 하지?

메구밍은 이제 마력이 없다.

아쿠아의 마법도 치명타는 되지 못한다.

……이대로 다 같이 도망치는 편이 좋지 않을까?

내가 그런 생각을 하고 있을 때, 베르디아를 포위하고 있는 남자 중 한 명이 공격을 시작하려 했다……!

"시간만 벌면 돼! 이 마을이 자랑하는 비장의 카드가 긴급 방송을 듣고 곧 올 거야! 그 녀석이 오면 네가 아무리 마왕군 간부라도 끝이야! 어이, 너희들! 한 번에 달려들면 사각이 생길 거야! 그러니 사방에서 동시에 공격해!"

그렇게 외치면서 달려들려 하는 남자를 본 베르디아는 한 손에 들고 있는 자신의 머리를 하늘 높이 집어 던졌다.

……이 마을이 자랑하는 비장의 카드?

그게 대체 누구지? 이 마을에서 유명한 솜씨 좋은 모험가인가?

내가 그런 생각을 하는 사이, 공중을 향해 던진 베르디아의 머리가 안면을 지상으로 향한 채 허공을 갈랐다.

그 모습을 본 순간, 나는 소름이 돋았다.

나뿐만 아니라 주위에서 지켜보던 모험가들도 눈치챈 것 같았다.

"멈춰! 덤벼들지 마……."

이름도 모르는 모험가들을 말리기 위해 입을 열었지만…….

베르디아는 한꺼번에 달려드는 모험가들의 공격을, 마치 등에 눈이 달린 것처럼 피했다.

"어?"

그건 공격을 날린 모험가의 입에서 나온 목소리였다.

대체 어느 모험가가 한 말일까.

가볍게 모든 공격을 피한 베르디아는 한 손에 쥐고 있던 대검을 양손으로 쥐더니…….

베르디아는 달려드는 모험가 전원을 눈 깜짝할 사이에 베어 넘겼다.

아까까지 살아 있던 사람들이 눈앞에서 허무할 만큼 간단히 목숨을 잃었다.

이 불합리를 통해, 나는 이쪽 세계의 현실을 깨달았다.

철썩하는 소리를 내면서 무너지듯 쓰러지는 남자들.

베르디아는 만족한 듯이 그 소리를 들은 후, 한 손을 들어 올렸다.

그 손에 베르디아의 머리가 떨어졌다.

그런 일련의 동작을 취한 후, 베르디아는 아무 일도 없었다는 듯이 말했다.

"다음은 누구지?"

이 자리에 있는 모험가들이 그 말을 듣고 온몸을 부르르 떠는 가운데…….

한 여자애가 고함을 질렀다.

"너, 너 같은 건……! 미츠루기 씨가 와서 단숨에 베어 넘길 거라구!"

…………어.

그 말을 들은 순간, 나는 무심코 뇌를 정지시켰다.

미츠루기라면, 나한테 마검을 빼앗긴…….

"그래! 조금만 버텨! 마검을 지닌 그 형씨라면 분명 마왕군의 간부도 쓰러뜨릴 수 있을 거야……!"

"베르디아라고 했지? 이 마을에도 있다고! 엄청난 실력을 지닌 고 레벨 모험가가 말이야!"

……큰일 났다. 진짜로 큰일 났다.

내가 새파랗게 질린 얼굴로 옆을 바라보니, 아까까지 그곳에 있던 아쿠아의 모습이 보이지 않았다.

이 자리에 있는 이들 중 유일하게, 그리고 미츠루기를 제외하고 유일하게 비장의 카드가 될 만한 힘을 지닌 아쿠아는 모험가들과 대치한 베르디아에게는 눈길 한 번 주지 않았다. 그녀는 방금 죽은 모험가들의 시체에게 다가가더니, 무슨 생각인지는 몰라도 시체를 만져댔다.

여신 나름대로 죽은 이들의 명복을 빌어주는 것일까.

튼튼한 갑옷을 입은 모험가들을 베르디아가 순식간에 베어 죽이자, 아무도 저 듈라한에게 맞서려 하지…….

"……호오? 이번에는 네가 나를 상대하려는 것이냐?"

베르디아는 왼손에 머리, 그리고 오른손에 대검을 쥐었다.

그리고 나와 메구밍을 감싸듯 베르디아를 막아선 다크니스를 향해, 손 위에 있는 머리를 내밀었다.

자신의 대검을 중단 자세로 들고, 등으로 우리를 감싸고 있는 다크니스는 변태가 아니었다. 어디에 내놔도 부끄럽지 않은 크루세이더였다.

베르디아는 아쿠아와 메구밍의 힘을 두 눈으로 보고, 다크니스에게도 뭔가가 있다고 경계하고 있는 것이리라.

베르디아는 다크니스와 대치한 채 움직이지 않았다.

다크니스의 중후한 흰색 갑옷이 햇빛을 받아 베르디아의 검은 갑옷과 상반되듯 빛나고 있었다.

베르디아에게 달려든 모험가들도 갑옷을 입고 있었다.

하지만 이 마왕군 간부는 갑옷째 모험가들을 베어버렸다.

평소 그 누구보다도 튼튼하다고 자신만만하게 말하던 다크니스는 베르디아의 공격을 견뎌낼 수 있을 것인가.

내가 다크니스를 말릴지 말지 고민하고 있을 때, 내가 무슨 생각을 하는지 눈치챈 다크니스가 자신만만한 목소리로 말했다.

"안심해라, 카즈마. 나는 튼튼한 걸로는 그 누구에게도 뒤지지 않는다. 게다가 스킬은 장비한 무기와 갑옷에도 효과가 있지. 베르디아의 검은 분명 좋은 것이겠지. 하지만 그것만으로 금속 갑옷을 종잇장처럼 벨 수 있을 리가 없잖아? 아까 모험가들이 베이던 모습으로 볼 때, 베르디아는 강력한 공격 스킬을 지녔을 것이다. 내 방어 스킬과 그의 공격 스킬 중 어느 쪽이 더 뛰어난지 결판을 내겠다!"

어찌 된 영문인지 다크니스는 오늘 꽤나 공격적이었다.

하지만 방어는 가능하더라도, 공격을 맞추지 못할 텐데…….

"관둬. 저 녀석, 공격뿐만 아니라 회피도 엄청났잖아? 저 많은 모험가가 동시에 날린 공격도 전부 피할 정도인데, 네 서툰 공격에 맞을 리가 없다고."

내 말을 들은 다크니스는 베르디아와 대치한 채 말했다.

"……성기사로서……. ……지키는 것을 생업으로 삼은 자로서. 절대 양보할 수 없는 게 있다. 나에게 맡겨다오."

무슨 말인지는 모르겠지만, 다크니스에게도 물러설 수 없는 이유가 있는 것일까.

내가 아무 말도 하지 않자, 다크니스는 검을 치켜들면서 베르디아를 향해 돌진했다!

"호오! 덤비는 것이냐! 머리 없는 기사, 듈라한에게 있어 성기사는 바라 마지않는 상대! 좋다, 간다!"

베르디아가 그런 다크니스를 맞상대하려 했다.

다크니스가 양손으로 쥔 대검을 본 베르디아는 공격을 막아내는 것은 좋지 않다고 생각했는지 자세를 낮추면서 회피 태세를 취했다.

그런 베르디아에게, 다크니스는 몸통 박치기라도 날릴 듯한 기세로 다가가더니, 그대로 대검을……!

……거리를 잘못 쟀는지, 베르디아의 발치로부터 몇 센티미터 떨어진 지면에 꽂았다.

"…………어?"

베르디아가 얼빠진 소리를 냈다.

그리고 망연자실한 눈길로 다크니스를 쳐다보았다. 그리고 다른 모험가들도 비슷한 눈길로 다크니스를 응시했다.

……아아, 정말! 움직이지 않는 상대한테도 공격을 못 맞추다니, 부끄러워 죽겠어!

이 애, 내 동료라고요!

풋내기가 칼을 힘껏 휘두르다 자신의 발을 베는 경우가 있다는 이야기는 들은 적 있지만, 이건 솔직히…….

공격이 빗나간 다크니스는 공격이 닿지 않는 건 항상 있는 일이라는 듯이 한 걸음 더 내디디면서 이번에는 대검을 횡으로 휘둘렀다.

그렇게 폼을 잡아놓고 공격이 빗나간 게 부끄러운지 볼을 살짝 붉힌 채 말이다.

이 공격이 명중할 각도였는지, 베르디아는 몸을 더욱 낮춰 공격을 피했다.

"정말 실망이군. 이제 됐다. ……자……."

베르디아는 상대에게 실망했다는 듯한 말투로 그렇게 말

하면서, 다크니스의 몸통을 대각선으로 베기 위해 검을 휘둘렀다.

"자, 다음…… 상대………. ……어?"

베르디아는 다크니스를 해치웠다는 확신을 가졌을 것이다.

하지만 베르디아가 휘두른 검은 귀에 거슬리는 소리를 내면서 다크니스의 갑옷 표면을 긁고 지나가기만 했다.

다크니스는 베르디아와 거리를 조금 벌리더니…….

"아얏! 새로 장만한 건데!"

갑옷에 생긴 커다란 흠집을 슬픈 눈길로 지켜본 후, 베르디아를 노려보았다.

갑옷에는 커다란 흠집이 났지만, 다크니스의 몸에는 전혀 상처가 나지 않았다.

즉…….

"네, 네 녀석은 뭐냐……? 내 검에 맞았는데 왜 베이지 않은 거지……? 그 갑옷, 상당한 고급품인 것이냐? ……아니, 그것보다……. 조금 전의 아크 프리스트도 그렇고, 폭렬 마법을 쓰는 아크 위저드도 그렇고, 너희는 정말……."

베르디아가 혼잣말을 중얼거리는 사이, 나는 다른 모험가들에게 다가갔다.

그리고 업고 있던 메구밍을 다른 모험가에게 맡긴 후…….

"다크니스! 너라면 저 녀석의 공격을 견뎌낼 수 있어! 공격은 우리에게 맡겨! 엄호해줄게!"

내 말을 들은 다크니스는 베르디아에게서 눈을 떼지 않은 채 고개를 끄덕였다.

"공격은 맡기마! 하지만 나에게도 이 녀석에게 한 방 먹일 기회를 만들어다오. 부탁한다!"

나는 다크니스의 부탁을 듣고 알았다고 외친 후, 근처에 있는 모험가에게 말했다.

"마법사 여러분!!"

내 말을 듣고 자신이 할 일을 떠올린 마법사들이 차례차례 마법을 준비하기 시작했고, 다른 이들도 자신들이 할 수 있는 일이 없는지 찾기 시작했다.

이것은 마왕군 간부와의 전쟁이다.

모험가의 마을에 적 세력의 거물이 기어들어온 것이다. 무사히 돌려보낼 이유가 없다.

베르디아가 지면에 검을 꽂더니, 빈 오른손으로 마법을 영창하기 시작한 마법사들을 차례차례 가리켰다.

"너희 전부, 일주일 후에에에에! 죽음에 이르거라아아 앗!!"

베르디아가 마법을 영창하던 마법사들에게 죽음의 선고를 걸었다.

자신이 죽음의 선고를 받았다는 사실 때문에 당황한 마법사들은 차례차례 영창을 멈췄다.

참전하려 하던 다른 마법사들도 죽음의 선고를 당한 동

업자의 모습을 본 탓에 표정을 굳히면서 마법 사용을 주저했다.

빌어먹을 듈라한 자식, 추잡한 계략을 썼어!

"좋아. 이번에는 전력을 다해 공격해볼까!"

베르디아가 고함을 지르면서 또 자신의 머리를 하늘 높이 집어 던졌다.

……저 머리를 궁수들에게 부탁해서 공격할 수는 없을까?

내가 그런 생각을 하고 있을 때, 베르디아는 양손으로 대검을 고쳐 쥐면서 다크니스를 향해 돌진했다!

베르디아는 투구의 얼굴 부분이 또 아래쪽을 향하도록 한 채 자신의 머리를 하늘을 향해 내던졌다.

하늘로 던진 머리로 공중에서 전장 전체를 관찰하고 있는 것이리라.

저러면 베르디아에게는 사각이 없어지며, 자신이 검을 휘둘렀을 때 상대가 어느 쪽으로 피할지도 쉽게 예상할 수 있을 것이다.

"카, 카즈마! 다크니스가……!"

뒤쪽에서 메구밍의 비명이 들렸다.

이 자리에는 이 마을에 있는 대부분의 모험가가 모여 있다.

면식이 있는 저 사람도, 몬스터의 약점을 가르쳐준 저 녀석도.

베르디아와 대치한 다크니스가 자신이 쏜 화살에 맞을까 싶어 공격을 못 하고 있는, 네로이드라는 음료수가 있다는 걸 가르쳐준 저 애도.

창을 들고 베르디아의 등 뒤로 돌아들어가려 하는, 길드에서 술도 마실 줄 모르냐며 나를 놀렸던 저 아저씨도.

다크니스가 무너지면 베르디아는 장난삼아 이 자리에 있는 이들 전원을 죽일지도 모른다.

그 사실을 알기 때문일까. 베르디아와 대치한 다크니스는 중단 자세로 들고 있던 폭이 넓은 대검의 옆면을 앞으로 내밀더니, 그것을 방패 삼으며 한 걸음도 물러서지 않았다.

투구를 쓰지 않은 머리 이외에는 얼마든지 공격해보라는 듯이 말이다.

"호오, 당당하군! 좋다! 받아봐라!"

베르디아는 대검을 양손으로 쥐었다. 그리고 마왕군 간부가 날리는 셀 수도 없을 만큼 많은 참격이 다크니스를 강타했다.

하나, 둘, 셋, 넷……!

다크니스를 향한 참격의 숫자는 순식간에 두 자리 숫자를 넘었고, 그때마다 금속이 긁히는 불쾌한 소리와 함께 다크니스의 갑옷에 수많은 흠집이 생겼다.

평범한 모험가라면 다져지고도 남았을 공격을, 다크니스는 미동조차 하지 않으면서 받아냈다.

검을 쥔 다크니스의 긴 머리카락 몇 올이 허공을 갈랐다.

베르디아는 강렬한 연속 공격을 잠시 멈추더니, 공중에서 떨어지는 머리를 한 손으로 받았다. 그리고 "호오……." 하고 탄성을 터뜨리면서 다크니스의 터프함에 감탄한 후, 이번에는 한 손으로 검을 휘둘렀다.

공격을 견뎌내는 다크니스의 모습을 보던 마법사들이.

충격을 받은 탓에 얼굴이 새파랗게 질려 있던 녀석들이…….

각오를 다진 것처럼 다시 마법을 영창하기 시작했다.

……바로 그때, 내 볼에 따뜻한 무언가가 닿았다.

손등으로 훔쳐보니 그것은………….

"어이, 다크니스! 너, 상처 입은 거야?! 이제 됐어! 물러나! 모험가 전원이 사방으로 흩어져서 도망쳐 이 자리를 벗어난 후, 다시 대책을 세우자!"

유심히 보니 다크니스의 볼, 그리고 갑옷 틈새에서 피가 흘러나오고 있었다.

그런 다크니스를 향해 나는 그렇게 외쳤지만, 그녀는 물러서지 않았다.

"크루세이더는 등 뒤에 있는 누군가를 지키고 있는 상황에서는 절대 물러서지 않는다! 이것만큼은 절대 어기지 않는다! 그, 그리고!"

폼 나는 소리를 한 다크니스는 볼을 붉힌 채 필사적인 저항을 계속하며 외쳤다……!

"게다가! 이, 이 듈라한은 전문가다! 이 녀석, 아까부터 내 갑옷을 조금씩, 부분적으로만 파괴해서 갑옷의 일부분만 남길 생각이야! 이 많은 사람들이 보는 앞에서 나를 알몸보다 더 선정적인 모습으로 만들어 수치심을 안겨주려 하고 있단 말이다……!"

"뭐?!"

다크니스의 말을 들은 베르디아가 한순간 공격을 멈추면서 질린 듯한 반응을 보이자, 나는 손에 마력을 모으면서 이런 때도 흔들림이 없는 진짜 변태를 매도했다.

"때와 장소 정도는 가리라고, 이 골수 변태야!!"

내 독설을 들은 다크니스는 몸을 부르르 떨었다.

"크으……! 카, 카즈마야말로 때와 장소를 가려라! 남들이 보는 앞에서 듈라한에게 능욕을 당하는 것만으로도 벅찬데, 카즈마까지 나를 매도한다면……! 너, 너와 이 듈라한은 힘을 합쳐 나한테 무슨 짓을 하려는 것이냐!"

"뭐어?!"

"아무 짓도 안 할 거야, 이 왕 변태야! 『크리에이트 워터』!"

나는 딴죽 삼아 다크니스를 향해 물 마법을 날렸다.

내가 그렇게 외친 순간, 다크니스와 베르디아의 머리 위에 갑자기 물이 생겨났다.

그리고 양동이를 엎은 것처럼, 대량의 물이 두 사람을 향해 쏟아졌다.

다크니스는 그대로 물을 뒤집어썼고, 베르디아는 헐레벌떡 물을 피했다.

…………어?

베르디아는 왜 저렇게 허둥대는 거지……?

……한편, 물을 뒤집어쓴 다크니스는 볼을 붉히면서 중얼거렸다.

"……기습적으로 이런 짓을 하다니……. 꽤, 꽤 하는구나, 카즈마. 이런 건 싫어하지 않는다. 싫어하지는 않지만, 때와 장소는 가려줬으면 한다……."

"오, 오해하지 마. 이건 묘한 플레이가 아냐! 이러려고 물을 끼었은 거란 말이야! 『프리즈』!"

물 마법 이후에 내가 사용한 것은 물을 얼릴 뿐인 초급 마법이다.

이 마법 자체는 별다른 효과가 없지만…….

"아닛?! 오호라, 지면을 얼려 내 움직임을 막은 것인 가……! 과연, 내 강점이 회피뿐이라고 생각하고 있는 것 같군. 하지만……!"

발밑의 지면이 얼어붙은 것을 보며 베르디아가 한 말을 끊으면서 나는 비장의 스킬을 사용했다.

……그것은 바로 아까 미츠루기에게 썼던, 현재 내가 지닌 최대의 무기!

"회피하기 힘들어졌으면 그걸로 충분해! 네가 지닌 무기 를 빼앗아주마! 받아라, 『스틸』!!!"

나는 상대가 지닌 물건을 랜덤으로 빼앗는 스킬, 스틸을 베르디아에게 먹였다.

이 세계에는 마법이나 스틸 같은 것이 존재한다.

그것들은 체력과는 별개의, 그리고 누구나 가지고 있는 마력이라는 것을 소모해 사용한다.

아쿠아의 말에 따르면 사용하는 방법이 잊혀졌을 뿐, 옛날 에는 지구에도 마법을 사용하는 사람이 잔뜩 있었다고 한다.

마력을 쏟아부을수록, 스킬과 마력은 위력이 증가하며, 성공률 또한 높아지는 것이다.

베르디아에게 빈틈을 만들어, 절대 피할 수 없는 최고의 타이밍에 내가 날린 회심의 스틸은⋯⋯⋯⋯!

"⋯⋯나쁘지 않은 작전이군. 꽤 자신이 있었던 것 같지만 나는 마왕군의 간부. 이게 바로 레벨 차이라는 것이다. 너와 나의 레벨이 이렇게 차이 나지 않았다면 나도 위험했을 테지."

⋯⋯마왕군 간부, 베르디아에게 전혀 효과가 없었다.

베르디아가 나를 손가락으로 가리켰다.

⋯⋯큰일이네. 마왕군의 간부답게 고 레벨인 것 같았다. 내 스틸로는⋯⋯.

⋯⋯베르디아가 나에게 저주를 거는 것보다 먼저⋯⋯.

"내 동료에게 허튼짓하지 마라!"

평소 쿨한 다크니스가 감정을 겉으로 드러내면서 고함을 지르더니, 무거운 대검을 내던지며 베르디아를 향해 숄더 태클을 날렸다.

하지만 베르디아는 얼어붙은 지면 위에서도 그 공격을 간단히 피하더니, 대검을 고쳐 쥐었다.

다크니스는 베르디아에게 달려들기 위해 무거운 검을 던져버렸다.

즉, 베르디아의 검으로부터 자신의 몸을 지킬 무기가 없다.

그 사실을 깨닫고, 나는 주위에 있는 모험가들을 향해 외쳤다.

"도적들, 부탁해! 만에 하나라도 저 녀석에게서 검을 빼앗을 수만 있으면 우리의 승리야! 스틸을 쓸 수 있는 녀석들은 협력해줘!"

어쩌면 나보다 레벨이 높고, 운이 좋은 녀석이 이곳에 있을지도 모른다.

어느새 잠복 스킬을 쓰며 다가온 도적들이 내 말을 듣고 모습을 드러냈다.

""""『스틸』!""""

하지만 차례차례 펼친 스틸은 효과가 없었다.

베르디아는 우리는 안중에도 없다는 듯이 무방비해진 다크니스를 향해 검을 들더니……. 들고 있던 자신의 머리를 하늘 높이 집어 던졌다.

""아앗?!""

그 모습을 본 모험가들의 입에서 비명이 터져 나왔다.

베르디아가 얼굴을 던진 후, 양손을 이용한 엄청난 연속 공격이 시작되기 때문이다.

"……큭……!"

그 모습을 본 다크니스가 낮은 신음을 흘렸다.

큰일 났어, 큰일 났어, 큰일 났어, 큰일 났어!

이럴 때는 어떻게 해야 되지?!

나에게는 특별한 힘도 없고, 잠들어 있는 재능도 없다.

남들 앞에서 자랑할 만한 것도 없거니와, 이런 상황에서 도움이 될 만한 기술도 없다.

있는 것은 남들보다 뛰어난 운.

그리고 어릴 적부터 쌓아온 게임 지식.

매일같이 게임에 빠져 산 대가가 돌고 돌아 이렇게 돌아온 것이다.

환호성을 지르며 온 이 이세계에서, 아무것도 하지 못한 채 이대로 나는 끝나고 마는 것일까?

"다크니스가! 카즈마, 다크니스가!"

내 뒤에 있는 메구밍이 비통한 고함을 질렀다.

생각해! 상대는 듈라한이다. 롤플레잉 게임에서는 뭐가 약점이었지?

내 장기라고 할 만한 것은, 온라인 게임의 다른 유저와의 대전에서 상대가 싫어할 만한 공격 방법을 순식간에 찾아내는 것 정도다.

저 녀석을 잘 관찰해라.

……왜 저 녀석은 내가 만들어낸 물을 그렇게 헐레벌떡 피했지?

………….

……흐르는 물.

그것은 메이저 언데드 몬스터인 뱀파이어도 싫어하는 것 이다.

그렇다면 저 듈라한은?

"꽤 즐거웠다, 크루세이더! 한때 기사였던 자로서, 귀공과 겨룬 것을 마왕님과 사신(邪神)님께 감사드리겠다! 자, 이걸 로……!"

"『크리에이트 워터』!!!"

"윽?!"

다크니스를 공격하려 하던 베르디아는…….

공격을 중단하며 그 자리에서 걸음을 멈췄다.

결국, 공격을 날리지도 못한 채 하늘에서 떨어진 자신의 머리를 받았다.

"…………카즈마, 저기……. 나는 지금, 꽤 진지하게 싸우 고 있다만……."

그리고 또 물을 뒤집어쓴 다크니스가 원망 섞인 목소리로 나에게 그렇게 말했다.

원래라면 사과해야 할 상황이지만, 지금은 그럴 때가 아니다.

나는 큰 목소리로 외쳤다.

"물이다아아아아아아아~!"

5

"『크리에이트 워터』! 『크리에이트 워터』! 『크리에이트 워터』!!!!!"

"크윽! 오옷? 어이쿠!"

나를 필두로 주위에 있던 마법사들이 마법을 영창했다.

베르디아는 자신의 머리 위에서 쏟아지는 물을 열심히 피했다.

젠장. 약점은 알았지만, 공격이 명중하지 않아!

다른 마법사들도 초조해하고 있었다.

이대로 있다간 베르디아에게 한 방 먹이기 전에 우리 모두의 마력이 고갈될 것 같았다.

바로 그때⋯⋯.

"저기, 대체 무슨 일이야? 왜 마왕군의 간부와 물놀이를 하고 있는 건데? 내가 드물게 일하는 동안, 카즈마는 놀아재끼고 있었던 거야? 바보 아냐?"

이 녀석, 확 패버릴까?

지금까지 보이지 않던 아쿠아는 필사적으로 물 마법을 영창하는 나를 향해 걸어오면서 그런 멍청한 소리를 했다.

"물이야, 물! 저 녀석은 물이 약점이라고! 너, 적어도 일단은 아슬아슬하게나마 물의 여신이잖아! 아니면 뭐야? 역시 가짜 여신이었냐? 물 마법도 못 쓰는 거냐고!"

"뭐?! 너, 그렇게 무례한 소리를 계속해대다간 진짜로 천벌받을 거라구! 적어도? 일단은? 아슬아슬하게나마? 나는 진짜배기 물의 여신이란 말이야! 물? 물이라구? 너처럼 빈약한 마법이 아니라, 홍수 클래스의 물을 만들어내는 마법도 쓸 수 있어! 사과해! 물의 여신님을 가짜 여신님이라고 부른 걸 사과하란 말이야!"

물 마법을 쓸 수 있구나!

아니, 그러면 빨리 쓰라고!

"나중에 얼마든지 사과할 테니까 빨리 물 마법을 써, 이 잉여신아!"

"우와아아아아아아~! 방금 잉여신이라고 했지?! 좋아, 여신의 진짜 힘을 보여줄 테니까 두 눈 크게 뜨고 잘 보라구!"

가는 말이 고와야 오는 말이 곱다고 했던가.

내 말을 들은 아쿠아는 불같이 화내면서 한 걸음 앞으로 내디뎠다.

그런 아쿠아의 주위에 안개 같은 것이 몰려들더니…….

…………어?

"이 벌레 같은 놈들! 네놈들이 쓰는 허접한 물 마법이 이 몸에게……?"

베르디아가 아쿠아를 보고 움직임을 멈췄다.

역시 마왕군 간부답다고나 할까.

아쿠아가 이제부터 하려는 행동에서, 불온한 무언가를 감지한 것이리라.

아니, 주위에서 마법을 쓰던 이들도 불안한 표정을 지으면서 아쿠아를 쳐다보고 있었다.

아쿠아는 그런 주위의 반응을 개의치 않으면서 계속 중얼거렸다.

"이 세상에 존재하는 나의 권속이여……."

아쿠아의 주위에 생겨났던 안개가 조그마한 물방울이 되어 주위를 떠다녔다.

그 조그마한 물방울 하나하나에 응축되어 있는 마력이 느껴졌다.

"물의 여신, 아쿠아가 명하노라…………."

……불길한 예감이 들었다.

주위의 공기가 떨리는 듯한 느낌이 들었다.

이 불온한 분위기는 메구밍이 폭렬 마법을 영창할 때 느껴지던 것과 비슷했다.

즉, 그 정도로 위험한 마법을 아쿠아가 쓰려고 하고 있는 것이다……!

그 불온한 분위기는 우리와 대치 중인 베르디아도 느낀 것 같았다.

베르디아는 주저 없이 뒤돌아서더니, 그대로 재빨리 도망치려…….

……한 순간, 다크니스에게 가로막히고 말았다!

아쿠아는 양손을 펼치더니…….

"『세이크리드 크리에이트 워터』!"

물을 만들어내는 마법을 펼쳤다.

6

방금 아쿠아는 분명 말했다.

홍수 클래스의 물을 만들어내는 마법도 쓸 수 있다고 말이다.

"잠깐……! 멈춰……………!"

"꺄아~! 무, 물이이이이이이이~!"

표적인 베르디아를 비롯해, 주위에 있던 다크니스와 다른 모험가들. 그리고 떨어진 곳에 있던 나와 메구밍, 마법을 펼친 아쿠아조차⋯⋯.

"우웁⋯⋯! 잠깐, 무, 물에 빠지겠⋯⋯!"

"메구밍, 메구밍! 잡아! 절대 휩쓸리면 안 돼!"

갑작스레 나타난 물이 이곳에 있는 모든 이들을 덮쳤다.

방대한 양의 물은 마을 정문 앞에서 거대한 물보라를 일으키더니, 그대로 마을의 중심부를 향해 흘러갔다.

이윽고 물이 빠지자, 지면에 쓰러져 있는 모험가들, 그리고⋯⋯.

"자⋯⋯, 잠깐⋯⋯. 네 녀석, 대체 무슨 생각인 거냐⋯⋯. 바, 바보냐? 바보 천치냐⋯⋯?!"

마찬가지로 물에 흠뻑 젖은 채 바닥에 쓰러져 있던 베르디아가 비틀거리면서 몸을 일으켰다.

베르디아의 의견에 동의하고 싶지만, 지금은 그런 소리를 할 때가 아니었다.

지금이 찬스다. 이 절호의⋯⋯.

"지금이 찬스야. 나의 엄청난 활약 덕분에 저 녀석이 약해진 이 절호의 기회를 놓치지 말라구, 카즈마! 빨리 가자, 빨리 가서 어떻게든 해봐!"

이 빌어먹을 녀석!

나중에 수많은 사람들이 보는 앞에서 엉엉 울 때까지 스틸로 옷을 훔치기로 마음속으로 결심한 후, 나는 베르디아를 향해 한 손을 내밀었다……!

"이번에야말로 네 무기를 빼앗아주마! 이거나 먹어!"

"해봐라! 약체화되었다고는 해도 풋내기 모험가의 스틸 따위로 내 무기를 빼앗을 수 있을 것 같으냐!"

나와 대치한 베르디아는 나를 향해 고함을 지르면서 또 머리를 하늘 높이 던지더니, 양손으로 대검을 쥐며 최대한 위엄을 자아냈다.

역시 마왕군 간부의 한 명이다. 약해졌을 텐데도, 이렇게 대치하고 있는 것만으로 다리가 후들거렸다.

그런 마왕군 간부에게……!

"『스틸』!!!"

나는 모든 마력을 쏟아부은 스틸을 날렸다!

그와 동시에 단단하고 차가우면서 묵직한 느낌이 양손에 서 느껴졌다.

무심코 해낸 건가? 하고 플래그가 될 만한 생각을 하고 말았다.

분명 그게 문제였던 것이리라.

""아아………."""

주위에 있는 모험가들의 입에서 실망의 목소리가 흘러나 왔다.

베르디아는 여전히 검을 양손으로 쥐고 있었다.

그대로 나를 향해 그 엄청난 참격을…….

·········날리기는커녕, 그대로 멀뚱멀뚱 서 있었다.

················어?

이 자리에 있는 이들이 무슨 일이 일어난 것인지 이해 못
한 채 침묵에 잠겨 있을 때······.

난처함과 머뭇거림이 섞인 듯한 조그마한 목소리가 들렸
다.

"저, 저기·········."

그것은 베르디아의 목소리였다.

베르디아는 기어들어가는 목소리로······.

"저, 저기······. ·········머리, 돌려주시면 안 될까요·········?"

내가 양손으로 들고 있는, 베르디아의 머리가 중얼거렸다.

················.

"어이, 다들! 축구 하자! 축구라는 건 말이야아아아아앗!
손을 쓰지 않고, 발만으로 공을 다루는 놀이야아아아아
앗!"

나는 모험가들을 향해 베르디아의 머리를 걷어찼다!

"으아아아아아아아! 자, 잠깐, 어이, 그, 그만해?!"

내 발에 차여 굴러간 베르디아의 머리는 지금까지 애간장

을 태우며 이때를 기다린 모험가들의 장난감이 되었다.

"와하하하하! 이거 재미있네~!"

"어이, 이쪽이야! 이쪽으로도 패스해달라고!"

"그만?! 잠깐, 아야야야야, 그만해?!"

한창 머리를 걷어차이고 있는 베르디아의 몸 쪽은 한 손으로 검을 쥔 채 앞이 보이지 않는 것처럼 갈팡질팡하고 있었다.

"어이, 다크니스. 한 방 먹이고 싶지?"

내가 떨어져 있던 대검을 주워서 다가오던 다크니스에게 건네주자, 피와 물로 범벅이 된 상태에서 거친 숨을 내쉬던 다크니스가 그것을 들고 베르디아의 몸 앞에 섰다.

그 사이, 나는 아쿠아에게 손짓을 했다.

물에 젖은 날개옷자락을 짜던 아쿠아가 그 모습을 보고 나를 향해 쪼르르 달려오고 있을 때…….

다크니스가 검을 치켜들더니……!

"이건! 아까 네 놈에게 살해당한, 내가 신세졌던 이들의 몫이다! 몇 번이나 벨 생각은 없다! 이 한 방으로 전부 갚아주마!!"

대검을 있는 힘껏 휘둘렀다.

"커억?!"

멀리서 걷어차이고 있던 베르디아의 머리가 모험가들 사이에서 낮은 신음을 흘렸다.

공격은 서툴지만 힘 하나는 좋은 다크니스가 날린 일격은 베르디아의 갑옷을 부순 후, 가슴에 커다란 상처를 냈다.

아까 베르디아는 분명 이렇게 말했다.

마왕이 갑옷에 가호를 내려줬다고 말이다.

"좋아. 아쿠아, 뒷일을 부탁할게."

"나만 믿어!"

갑옷의 일부가 부서진 데다, 물을 뒤집어써서 약해진 베르디아를 향해, 아쿠아는 한 손을 들었다.

"『세이크리드 턴 언데드』!"

"자, 잠깐……! 끼아아아아아아~!"

아쿠아의 마법을 맞은 베르디아의 비명 소리가 모험가들의 발밑에서 들렸다.

역시 이번 턴 언데드는 통한 것 같았다.

베르디아의 몸이 새하얀 빛에 감싸이더니, 이윽고 흐릿해지면서 사라졌다.

베르디아의 머리도 사라졌는지, 축구를 즐기던 모험가들이 술렁거렸다.

……이렇게, 무슨 목적으로 이곳에 온 것인지도 밝히지 못한 채, 마왕군 간부는 이런 데서 정화당하고 말았다.

7

승리에 흥분한 모험가들의 목소리가 들리는 가운데, 상처 투성이인 다크니스는 듈라한의 몸이 사라진 장소에서 한쪽 무릎을 꿇더니 눈을 감으며 신에게 기도를 드리는 포즈를 취했다.

그런 다크니스에게, 메구밍이 머뭇머뭇 말을 걸었다.

"……다크니스, 뭐 하고 있는 건가요?"

다크니스는 눈을 감은 채 독백이라도 하듯 대답했다.

"……기도를 드리고 있다. 듈라한은 부조리한 처형으로 목이 잘린 기사가 원한에 의해 언데드화한 몬스터다. 이 녀석도 몬스터가 되고 싶어서 된 것은 아니겠지. 내가 베기는 했지만, 기도 정도는 드리고 싶어서 말이야……."

그런가요…… 하고 메구밍이 중얼거린 후, 다크니스는 말을 이었다.

"……팔씨름으로 나한테 진 걸 가지고 앙심을 품고 내가 근육 덩어리라는 말도 안 되는 거짓 소문을 퍼뜨린 세도르……. 어이, 다크니스. 더우니까 그 대검으로 부채질 좀 해줘! 열 받았으면 그 대검으로 공격해봐. 맞출 수 있다면 말이야! ……하고 말한 후 마구 웃어대며 나를 놀린 헤인즈. 그리고……. 하루만 나를 파티에 받아줬을 때, 너는 왜 몬스터 무리를 향해 돌격하기만 하는 거냐고 울부짖던 가릴. ……다들, 저 듈라한에게 베인 녀석들이다. 지금 생각해보면 다 변변찮은 놈들이지만, 나는 그들을 싫어하지는 않았던 것 같아…………."

다크니스가 그렇게 말하자…….

"으, 으음……. 그, 그런가요. 그럼 남은 이야기는 나중에 들어줄 테니까, 우선 길드로 돌아가요."

허둥지둥 이 이야기를 끝내려 하는 메구밍의 말은 들은 척도 하지 않으면서…….

다크니스는 눈을 감은 채 상냥한 목소리로 중얼거렸다.

"……그 녀석들을 다시 만나게 된다면……. 같이 술이라도 마시고 싶어…………."

"""으…… 응……."""

눈을 감고 있는 다크니스의 등 뒤에서 당황한 목소리가 들렸다.

그 말을 듣고 움찔한 다크니스의 등 뒤에 서 있는 세 남자는 멋쩍은 표정을 짓고 있었다.

그들은 분명 베르디아에게 베인 남자들이었다.

이윽고, 그중 한 명이 미안해하는 듯한 목소리로…….

"저, 저기……. 여, 여러모로 미안했어. 네가 우리를, 그렇게 생각하는 줄 몰랐다고……."

"그…… 그래. 팔씨름에 진 것 가지고 이상한 소문을 내서 정말 미안해……. 다, 다음에 한턱 쏠게…….”

"공격이 안 맞는 걸, 실은 신경 쓰고 있었던 거야? 저기, 미, 미안해…….”

세 남자가 그렇게 말하자 기도를 올리는 포즈를 취한 채 눈을 감고 있던 다크니스가 부들부들 떨기 시작했고, 볼은 점점 붉어졌다.

그리고 분위기 파악 못 한 아쿠아가 밝은 목소리로 말했다.

"나만 믿어, 다크니스! 나 정도 되면 갓 죽은 따끈따끈 시체도 후딱 소생시킬 수 있어! 잘 됐지? 이걸로 같이 술을 마실 수 있게 됐잖아!"

아쿠아에게 나쁜 뜻은 없었을 것이다.

하지만 그 말을 들은 다크니스는 등 뒤에 당사자들이 있는 줄도 모른 채 자신이 했던 독백을 떠올렸는지 울상이 되어 새빨개진 얼굴을 양손으로 가리며 그 자리에서 주저앉았다.

"저 사람들과 또 만나서 다행이네. 자, 같이 술 마시고 와.”

내가 명랑한 목소리로 다크니스에게 그렇게 말하자, 그녀는 양손으로 얼굴을 가린 채 중얼거렸다.

"……죽고 싶어…….”

나는 그런 다크니스에게…….

"너, 항상 괴롭힘을 당하고 싶어 했잖아. 사양하지 마. 한 사흘 동안은 이 이야기를 계속해줄게."

"이, 이, 괴롭힘은, 내가 원하는 타입의 수치 플레이와는
다르다……!"

다크니스는 어깨를 부르르 떨면서 중얼거렸다.

에필로그

베르디아 토벌 다음 날.

나는 앞으로의 일을 생각하면서 혼자서 길드를 향해 걷고 있었다.

내 목적은 마왕 토벌이다.

하지만 그러기 위해서는 베르디아 같은 강적을 앞으로도 상대해야만 한다.

마왕 토벌을 해내서, 소원 하나를 이룰 것인가.

아니면 마왕 토벌을 포기하고, 이쪽 세계에서 안주의 땅을 찾을 것인가.

……대답은 물론 정해져 있다.

최약체 직업인 내가 앞으로도 이번처럼 운 좋게 승리할 수 있을 리가 없다.

앞으로는 위험한 짓은 하지 말고 느긋하게 살자.

일본에서의 지식을 살려 장사를 하는 것이다.

안전한 일을 하면서, 때때로 자극을 얻기 위해 간단한 퀘스트를 수행하자.

그렇게 나는 앞으로의 인생을 설계하면서 모험가 길드의

문 앞에 섰다.

문을 열고 안으로 들어가자, 악취가 코를 찔렀다.

열기와 술 냄새가 내가 연 문을 통해 밖으로 흘러나갔다.

마왕군 간부를 해치운 기념으로, 모험가들이 낮부터 술판을 벌이고 있는 것 같았다.

"앗! 카즈마, 왜 이렇게 늦은 거야! 다들 꽤나 취했다구!"

기분이 좋아 보이는 아쿠아가 길드 안으로 들어선 나에게 웃으면서 말했다.

"저기, 카즈마. 빨리 돈 받아 와! 대부분의 모험가들이 마왕군 간부 토벌 포상금을 받았어. 물론 나도 말이야! 뭐, 술 마시느라 꽤 썼지만 말이야!"

뭐가 그렇게 기쁜지 아쿠아는 보수가 들어 있는 자루를 펼쳐서 나에게 보여준 후, 머리를 긁적이면서 깔깔 웃어댔다.

이, 이 녀석도 완전 술에 취했잖아.

이쪽 세계는 음주에 대한 연령 제한이 없는 것일까.

길드 안을 둘러보니 다른 모험가들도 제대로 걷지 못할 만큼 술이 취해 있었다.

나는 술주정뱅이들을 내버려 둔 후, 카운터로 향했다.

그곳에는 다크니스와 메구밍이 있었다.

"카즈마, 왔구나. 자, 너도 보수를 받아라."

"기다리고 있었어요, 카즈마. 제 말 좀 들어봐요. 다크니스가 저는 아직 술 마시기에는 어리다, 같은 쩨쩨한 소리를……."

"잠깐, 쩨쩨하다는 게 무슨 소리냐. 나는 그저……!"

말다툼을 벌이기 시작한 두 사람을 내버려 둔 나는 접수 카운터의 누님 앞에 섰다.

……꽤 눈에 익는 누님은 내 얼굴을 보자 갑자기 미묘한 표정을 지었다.

"아, 저기……. 사토 카즈마 씨, 맞죠? 기다리고 있었습니다."

……어?

접수 카운터 누님의 태도에서 위화감이 느껴졌다.

"저기……. 우선 저쪽 두 분에게 보수를 지급하겠습니다."

누님은 그렇게 말하면서 다크니스와 메구밍에게 조그마한 자루를 건넸다.

어라, 내 건?

속으로 그렇게 생각하는 나에게, 누님은 말했다.

"……저기…… 말이죠. 실은 카즈마 씨의 파티에 특별 보수가 나왔어요."

……뭐?!

"어, 왜 우리한테만 나온 거죠?"

내가 그렇게 묻자, 누군가가 그 의문에 대답해줬다.

"어이 어이, MVP! 너희가 없었으면 듈라한을 해치우지 못했을 거라고!"

그 목소리를 들은 주정뱅이들이 시끌벅적하게 동의했다.

이, 이 녀석들…….

이쪽 세계에 와서 고생만 잔뜩 했던 나는 그들의 상냥함을 접하고 눈시울을 붉혔다.

내가 네 사람을 대표해서 특별 보수를 받기로 했다.

접수 카운터의 누님이 어험 하고 가볍게 기침을 한 후…….

"으음, 사토 카즈마 씨의 파티에는 마왕군 간부 베르디아를 멋지게 토벌한 공적을 높이 사……. 금 3억 에리스를 하사합니다."

""""3억?!""""

우리는 경악하고 말았다.

그 말을 들은 다른 모험가들도 모두 입을 다물었다.

그리고…….

"어이 어이, 3억이나 받았어? 한턱 쏘라고, 카즈마!"

"우와아~! 카즈마 님, 한턱 쏴! 한턱 쏴~!"

모험가들의 한턱 쏴 콜이 들려왔다.

아, 맞다!

"어이, 다크니스, 메구밍! 너희에게 해둘 말이 있어! 나는 앞으로 모험 횟수가 줄 거라고 생각해! 거금을 손에 넣었으니, 느긋하면서도 안전하게 살고 싶거든!"

"잠깐! 강적과 싸우지 못하게 되는 건 곤란하다! 그리고 마왕 퇴치는 어찌 되는 것이냐!"

"저도 곤란해요. 저는 카즈마와 함께 마왕을 쓰러뜨려 최강의 마법사라는 칭호를 얻을 거란 말이에요!"

두 사람의 말을 막듯, 길드 안의 분위기는 더욱 뜨거워졌다.

그런 와중, 미안해하는 듯한 표정을 지은 접수 카운터의 누님이 나에게 종이 한 장을 건넸다.

그것은 0이 잔뜩 붙은 종이였다.

이쪽 세계의 수표인가?

술에 취한 아쿠아가 내 옆으로 오더니 내가 들고 있는 종이를 쳐다보았다.

"으음, 이건 말이죠. 이번에 카즈마 씨의 일행인……, 저기, 아쿠아 씨가 소환한 대량의 물 때문에 마을 입구 근처에 있던 집들 중 일부가 떠내려가거나 파괴되는 등의 홍수 피해가 발생해서……. ……뭐, 마왕군 간부를 쓰러뜨린 공적도 있으니, 전액 배상을 요구하지는 않겠지만, 그래도 일부라도 배상해 달라……는……."

접수 카운터의 누님은 그렇게 말한 후, 내 시선을 피하면서 서둘러 안쪽으로 들어갔다.

내가 들고 있는 종이를 본 메구밍이 도망쳤다.

그 뒤를 이어 도망치려 하는 아쿠아의 옷깃을 재빨리 잡았다.

우리의 분위기를 보고 청구 금액을 얼추 예상한 모험가

들이 슬며시 고개를 돌렸다.

청구서를 본 다크니스는 내 어깨에 손을 얹더니…….

"보수 3억. ……그리고, 배상 금액이 3억4천만이구나. ……카즈마. 내일은 돈이 되는 강적을 상대하는 퀘스트를 하러 가자."

그렇게 말하면서, 기쁨으로 가득 찬 미소를 지었다.

……이 구제 불능인 동료들과 함께, 이 불합리한 세계에서 평생을 살아라?

…………나는 지그시 눈을 감은 후, 마왕을 토벌하기로 굳게 결심했다.

이런 변변찮은 세계에서 탈출하기 위해!

〈끝〉

■작가 후기

　우선 이 책을 구매해주셔서 감사하다는 말씀부터 드리겠습니다.

　고맙습니다. 그리고 처음 뵙겠습니다. 아카츠키 나츠메라고 합니다.

　사실 이 작품은 「소설가가 되자」라는 사이트에서 연재되고 있었습니다만, 이번에 스니커 문고의 제안으로 서적화하게 되었습니다.

　감사합니다, 감사합니다……!

　뭐, 그러니 독자 여러분 중에는 앞으로 어떻게 전개될지 예상이 되는 분도 계실 겁니다.

　하지만 작가에게 있어 그건 곤란합니다. 항상 독자 여러분의 예상을 뛰어넘고 싶거든요.

　그래서 서적판에서는 스토리 전개 및 여러 부분을 바꿀까 합니다.

　이미 변경된 부분이 꽤 있죠.

　그러니 앞으로 어떻게 전개될지 알고 있다고 방심했다간 어느 날 느닷없이 스토브로 데우던 캔 커피가 폭발해서 주인공 사망. 다음 권부터 새로운 주인공으로 스타트 같은 엄청난 전개가 펼쳐질지도 모릅니다. ……뭐, 이렇게 말도 안 되는 짓은 벌이지 않을 거지만요.

—그럼 이 작품에 대해 조금 설명할까 합니다.

이 작품은 상냥하고 쿨하며 멋진 주인공이 대활약하는 이야기도, 한 소년이 그 누구에게도 지지 않을 만큼 노력한 끝에 목적을 달성하는 이야기도 아닙니다.

이 이야기의 주인공은 눈앞에 곤란해하는 사람이 있으면 기분과 상황을 봐서 돕고, 때로는 난리법석도 치며, 귀여운 애인을 가지고 싶어 하고, 거금을 손에 넣으면 일하기 싫어 하죠.

그런 어디에나 있을 법한 인간 냄새 풀풀 나는 평범한 주인공이 가혹한 이세계에 와서 불합리한 현실에 맞서며, 특이한 히로인들을 이끌며 열심히 사는 이야기입니다.

선택받은 전설의 뭐시기도 아니거니와, 숨겨진 힘 같은 것도 없고, 남들보다 운이 좋은 것 외에는 별다른 장점도 없는 주인공.

그런 소년은 강적에게서 도망치거나 싸우면서 성장합니다.

……뭐, 티 나게 성장하지는 않을지도 모릅니다.

인간은 그렇게 쉽게 달라지지 않으니까요.

하지만 마지막에는 분명 뭔가를 해낼 겁니다.

—그럼 감사 인사를 드릴까 합니다.

스니커 문고 편집부 여러분, 그리고 교정자 님, 영업 담당자 님, 그리고 디자이너 님.

멋진 일러스트를 그려주신 미시마 쿠로네 씨, 그리고 아무것도 모르는 작가가 폐를 마구 끼치고 만 담당 K씨.

이 작품이 세상에 나온 것은 여러분이 손이 많이 가는 저 같은 작가를 포기하지 않고 서포트해주신 덕분입니다.

정말, 정말, 감사합니다.

이렇게 멋진 작품을 완성해주신 여러분에게 뭐라 말씀드려야 할지 모르겠습니다만, 앞으로 더욱 좋은 작품을 쓸 수 있도록 정진하겠습니다.

재미있는 이야기를 쓰는 것이, 제가 할 수 있는 최고의 보답이라고 생각하니까요.

—그리고 마지막으로……

「소설가가 되자」에서 제 작품을 읽어주신 여러분, 응원해주신 분들.

무엇보다, 이 책을 읽어주신 독자 여러분에게, 진심으로 감사드립니다!

아카츠키 나츠메

1권은 아쿠아가 표지였으니…….
다음은 내가 주역일 차례!

이 애가 지금 무슨 소리 하는 거야?
푸푸푸푸풉. 이 이야기는 절대적 여신인
이 아쿠아 님이 항상 주역이라구!
그러니 1000만 부 판매는 따 놓은 당상일걸?

할망구는 구석에 처박혀 있으라고요!

……하……할망……?!
우와아아아아앙, 카즈마 씨~!
메구밍이ㅡ.

………. 어이, 예고나 제대로 해.

그럼 내가 하지.
2권은 장군이 나를 덮치고,
카즈마가 NTR 당하는 이야기다.

……방금 NTR이라고 말했지? │ 말 안 했다.

……제발 예고 좀 제대로 하라고.

2권에는 제가 등장한다고요! │

 "누구야?!" │ 맞죠? 아쿠아 선배♪

……….

멋진
세계에 축복을! 2
중2병이라도 마녀가 하고 싶어!

COMING
SOON!!

안녕하십니까. 근로청년 번역가 이승원입니다.
『이 멋진 세계에 축복을!』1권을 구매해주셔서 진심으로
감사드립니다.

『이 멋진 세계에 축복을!』은 특출 난 구석이 없는 은둔형
게임 폐인, 사토 카즈마가 어이없는 사인(死因)으로 죽음을
맞이한 후 겪게 되는 이세계 전생물입니다.

게임을 좋아하는 주인공은 검과 마법이 존재하는 판타지
세계에서 살게 되었다는 사실에 흥분하지만 곧 혹독한 현
실과 마주치게 되죠.

게다가 이세계 이주 특전으로 딸려온(?) 아쿠아는 잉여신
(잉여+여신)이라는 명칭이 너무나도 잘 어울릴 만큼 아무 짝
에도 쓸모없습니다. 쓸모만 없으면 다행이죠. 사고란 사고는
다 치면서 주인공을 고난의 구렁텅이에 빠뜨리고 있습니다.

이런 상황을 타개하기 위해 뛰어난 모험가를 동료로 영입
하려 하지만, 새로 들어온 동료가 한 명은 하루에 마법을
딱 한 번만 쓸 수 있는(초강력 마법이기는 하지만) 메구밍,

그리고 방어력 하나는 끝내주지만 공격이 서툴고 괴롭힘당하는 걸 무지 즐기는 다크니스……. 아쿠아 못지않은 문제아가 둘이나 들어옵니다.

문제아 세 명에게 둘러싸여 고생에 고생만 해대는 주인공, 사토 카즈마. 그의 앞으로의 활약(-_-;;;)을 기대해주시길!

그럼 이만 줄이겠습니다.

이 작품을 저에게 맡겨주신 삐야 님과 L노벨 편집부 여러분. 재미있는 작품을 맡겨주셔서 감사합니다. 특히 잉여신이라는 적절하기 그지없는(^^) 단어를 고안해주신 편집자님, 땡큐 베리마치입니다!

오래간만에 술 사준다고 불러내어 일본 여행 가이드로 저를 영입하려 하신 형수님. 제가 형수님 신혼여행 가이드 때 얼마나 고생했는지 잊으신 겁니까아아아아~! 신혼부부와 한 방(-_-;)에서 같이 묵은 일은 평생 잊지 못할 겁니다요오오오오오오~!

마지막으로 언제나 제게 버팀목이 되어주시는 어머니와 『이 멋진 세계에 축복을!』을 읽어주신 모든 분들에게 진심으로 감사드립니다.

신 캐릭터가 추가되면서 고생길이 더 열리고 마는 주인공의 활약상(?)을 볼 수 있는 2권 역자 후기 코너에서 다시 뵙겠습니다!

2015년 8월 초

역자 이승원 올림

이 멋진 세계에 축복을! 1
오! 나의 잉여신님

1판 1쇄 발행 2015년 9월 10일
1판 24쇄 발행 2024년 9월 13일

지은이_ Natsume Akatsuki
일러스트_ Kurone Mishima
옮긴이_ 이승원

발행인_ 최원영
본부장_ 장혜경
편집장_ 김승신
편집진행_ 권세라 · 최혁수 · 김경민 · 최정민
커버디자인_ 양우연
국제업무_ 박진해 · 조은지 · 남궁명일
관리 · 영업_ 김민원 · 조은걸

펴낸곳_ (주)디앤씨미디어
등록_ 2002년 4월 25일 제20-260호
주소_ 서울시 구로구 디지털로 32길 30, 코오롱디지털타워빌란트 1301-1308호
전화_ 02-333-2513(대표)
팩시밀리_ 02-333-2514
이메일_ lnovellove@naver.com
L노벨 공식 카페_ http://cafe.naver.com/lnovel11

KONO SUBARASHII SEKAI NI SHUKUFUKU WO! AA, DAMEGAMISAMA
© 2013 Natsume Akatsuki, Kurone Mishima
Edited by KADOKAWA SHOTEN
First published in Japan in 2013 by KADOKAWA CORPORATION, Tokyo.
Korean translation rights arranged with KADOKAWA CORPORATION, Tokyo.

ISBN 978-89-267-9979-6 04830
ISBN 978-89-267-9978-9 (세트)

값 6,800원

인생 1~9권

카와기시 오우교 지음 | 나나세 메루치 일러스트

쿠몬학원 제2신문부에 소속된 아카마츠 유우키는 부에 들어오자마자
부장인 니카이도 아야카에게 인생 상담 코너 담당을 떠맡게 된다.
학생들에게 받은 고민에 대답하는 것은 이과 여학생 엔도 리노,
문과 여학생 쿠죠 후미, 체육과인 스즈키 이쿠미 세 명.
3인 3색의 의견이 항상 일치단결되지 않아
일단 실천해보기로 하는데……
친구, 연애, 공부, 성벽, 장래.
당신의 흔하디흔한 고민에 깔끔하게 대답!
초☆감성 · 인생 상담 개시!

「사신 오오누마」 시리즈로 많은 독자를 폭소의 파도로 몰아버린
경이로운 신인! 카와기시 오우교의 최신작!

TV애니메이션 방영 화제작!